Martinho da Vila

CONVERSAS CARIOCAS

Crônicas

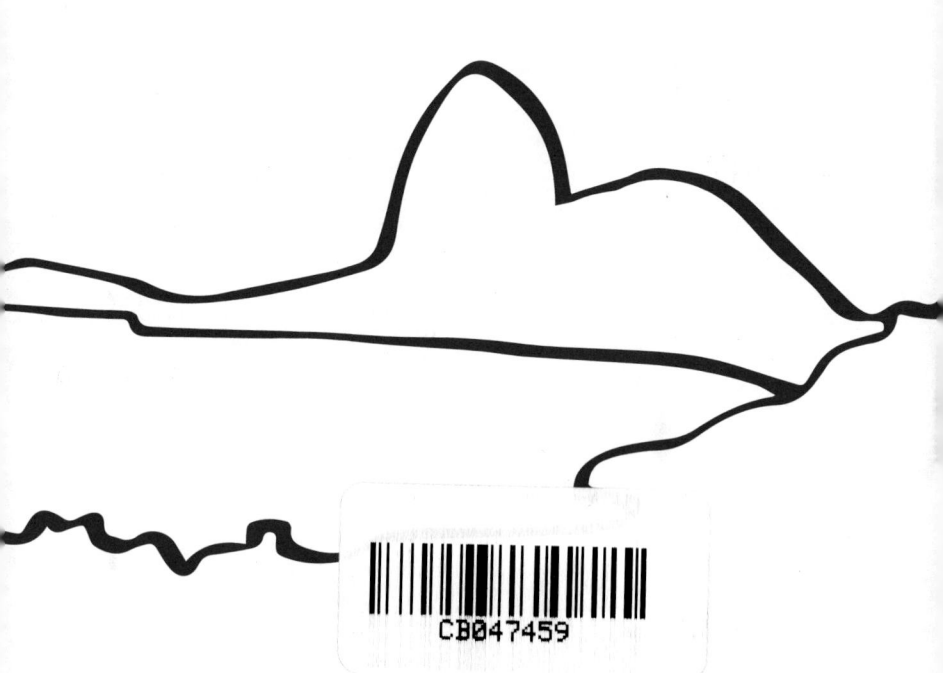

Martinho da Vila

CONVERSAS CARIOCAS

Crônicas

Organização
Tom Farias

Copyright © 2017 by Editora Malê
Todos os direitos reservados.
ISBN 978-85-92736-13-2

Projeto gráfico: BR75
Organização: Tom Farias
Revisão: Léia Coelho

Texto revisado segundo o novo Acordo Ortográfico da Língua Portuguesa.
Proibida a reprodução, no todo, ou em parte, através de quaisquer meios.

Dados internacionais de catalogação na publicação (CIP)
Vagner Amaro CRB-7/5224

M385c   Martinho, da Vila, 1938-
           Conversas cariocas: crônica/ Martinho da Vila;
      organização de Tom Farias. – Rio de Janeiro: Malê, 2017.
         192 p.; 21 cm.
         ISBN 978-85-92736-13-2

         1.Crônica brasileira I. Ferreira, Martinho José (Martinho da Vila).
      II. Título

                                                                      CDD – B869.8

Índice para catálogo sistemático:
I. Crônica: Literatura brasileira   B869.8
2017
Todos os direitos reservados à Malê Editora e Produtora Cultural Ltda.
www.editoramale.com.br
contato@editoramale.com.br

Apresentação
Vamos conversando...

Tom Farias

Conversas cariocas, o novo livro de Martinho da Vila sai do resultado de um bate-papo que tivemos, na casa dele, depois de falarmos da vida, de música, das nossas mulheres e da política brasileira. Quase no fim do nosso papo, saí-me com esta pérola:

"Martinho, por acaso você não tem nada novo para publicar?"

"Camarada" — disse-me ele com aquela voz sincopada como se estivesse se preparando para entoar um dos seus maiores sucessos musicais — "olha, acho que têm sim umas coisinhas por aí; se remexer até que sai".

O tom incisivo da minha pergunta foi ouvido a distância por Cléo, sua mulher, que sem descuidar da atenção que dava para Alegria, sua filha, foi logo lembrando que nos "guardados" encontravam-se alguns recortes de jornais com textos de uma coluna que Martinho publicara aos domingos para o jornal *O Dia*.

Não demorou muito e Cléo estava pondo sobre a mesa da sala uma pesada caixa branca, meio transparente, dessas de guardar trecos, mas que na verdade era reservada para separar o acervo de jornais que traziam notícias da carreira do marido, inclusive seus escritos.

Assim nasceu a ideia de publicar *Conversas cariocas*. Para ser sincero, este é dos livros de Martinho o mais improvável. A começar por se tratar de uma coleção de textos que foram escritos sob o pretexto de ocupar a coluna de um jornal popular; segundo porque, ao longo dos muitos domingos em que foram divulgados, a pretensão do autor de transformar a contribuição jornalística em livro era impensada por ele naquele momento.

Quando eu indaguei a ele se havia algum material suficiente para publicar em um livro novo depois de ter publicado, com sucesso, o romance *Barras, vilas e amores*, eu jamais pensei que ele fosse me dizer que tinha "umas coisinhas por aí", mas sim que fosse me apresentar algum ensaio, dos muitos que vêm escrevendo e publicando em jornais e revistas, ou mesmo uma história infanto-juvenil, ou, ainda, alguma coisa sobre a centenária história da arte do samba, de Duas Barras, sua cidade natal etc.

Mas Martinho, o grande "Da Vila", como também é carinhosamente chamado, resolveu nos presentear com seus escritos do dia a dia, momento excepcional de sua vida de escritor, quando verdadeiramente se exerce o que se faz, tratando de assuntos caros seus, mas com o foco de atingir e agradar o grande público.

Esta se tornou a missão de *Crônicas cariocas*, expressão literária de um cidadão fluminense que é hoje a maior referência do mundo do samba, presidente de honra da Escola de Samba Vila Isabel, nessa terra de Noel Rosa. Certamente por isso, o livro fale abertamente sobre música, músicos, samba e sua escola do coração.

E como é bom ler Martinho da Vila! Autor já de 15 livros, alguns traduzidos para o francês, e membro da prestigiada Academia Carioca de Letras; como músico é uma estrela de primeira grandeza, na constelação da MPB, mas como escritor vem se notabilizando pela sensibilidade dos temas que aborda, pelo requinte da linguagem, sempre cuidadosa, segura, pelo despojamento e o tom autoral de suas narrativas.

Nestas crônicas, procuramos manter o tom leve de quando elas foram publicadas, para procurar conservar o clima de sua época, sem muitas atualizações e corte de referências. Deixamos com isso o autor bem despojado diante de seus leitores, que agora têm a oportunidade de apreciar o que ele escreveu reunido em livro.

E mesmo na escritura destas crônicas, que no passado teve em Machado de Assis, Olavo Bilac, Arthur Azevedo, Lima Barreto, e mais recentemente Rubens Braga, Vinícius de Moraes, Artur da Távora, Luiz Fernando Veríssimo, Zuenir Ventura, Affonso Romano de Sant'Anna, entre outros, mestres e guardiões, Martinho dá o seu toque, impondo o seu ritmo ("devagar, devagarinho...", como todos já conhecem bem), mas ao mesmo tempo valorizando personagens e lugares, do mundo do samba e de fora dele.

Nesse ponto ele se sublima como escritor, fazendo dos assuntos cotidianos de sua vida e dos amigos, no seu canto de página das edições dominicais do popular jornal carioca, o espaço privilegiado para sua interação com os seus leitores, que cada dia que passa vão também sabendo apreciar a literatura desse querido cidadão brasileiro.

Sumário

Bom dia, minha gente!	13
Folia de Reis, um milagre?	15
Ao som de harpas	17
Boas festas, sempre!	19
Feliz Ano Novo, Brasil!	21
Como é bom cheiro de terra!	24
É Natal! O melhor presente é um livro	27
Viva Oscar!	30
Noel, sua cadeira ainda está vazia	33
As cuícas choram	39
Ô, demônio, capricha!	43
Valeu, Zumbi!	45
Ponte aérea Luanda — Rio	47
Lusofonia	49
Feliz primavera!	53
Samba de despedida	56
Outubro, mês das Marias	59
Dia do compositor	61
Ancestralidade musical	63
O príncipe do samba que era rei	65
Que Bello!	68
Água no feijão que chegou mais um	71
Gregos e troianos	74
Nelson Sargento	77

Confesso que bebi	79
Crônica dos motoristas	81
Tá bom, mas tá faltando	83
Alô Zé Catimba! É bom assim	85
Copacabana... Que beleza!	87
Estrelas cadentes	89
Graças a Deus!	91
Crônica de São João	93
Dicas para o feriadão	95
Vamos namorar, minha gente!	97
Vontade de voar	101
Viva Sérgio Cabral, o pai!	103
Viva o Espírito Santo!	107
Nossa Senhora e os pretos velhos	111
Por que será? Será por quê?	115
Viva São Jorge! Saravá Ogum!	117
Crônica das almas benditas	119
Andanças e festanças	122
Saudades do Donga	125
De água na boca	127
Encontros prazerosos	130
Samba de resposta	133
Crônica dos campeões	137
É Carnaval! Até a tristeza se alegra	139
De pato pra ganso e de ganso pra pato	143
O melhor é falar de Carnaval	145
Para Leonel Brizola	147

Acorda, camarada! Já é Carnaval!	149
Este ano não vai ser igual àquele que passou	151
Crônica de Aniversário	153
Feliz Natal, Papai Noel!	157
Viva Minas Gerais	161
Tristes e boas	163
Viva o Cei! Viva a Alegria! Viva o Nei!	165
Boa sorte, minha gente!	168
Valeu, Zumbi! Viva Angola!	171
Ala dos compositores	173
O mandingueiro foi pro céu	175
Acho tudo bom e bonito	177
Alegria, minha alegria!	180
Viva José do Patrocínio!	183
Feliz outubro	185
Hoje é dia de rock	187
Semba lá que eu sambo cá	189
Conversa de pescador	193
Esculpido em carrara	197
Sonhar não custa nada	199
Ah! Se eu tivesse nascido no tempo do Noel!...	201
Feliz saudade	203
Conversa carioca	205
Peitos e mamas	209
Viva Piraí!	211
Banana	213
Balão sem fogo	215

Domingo dos namorados	217
Viva Santo Antônio, São João e São Pedro!	221
O descanso do guerreiro	225
Mãe é coisa de Deus	227
Avante, trabalhadores!	229
Ovos de Páscoa e coelhinhos	231
Viva Dona Ivoneee!!!	233
Obama deu samba	235
Nasce uma estrela	237
Vou cair na folia	239
Alegria, alegria! É Carnaval	241
Viva Beth Carvalho! Vivaaaaa!!!	243
Renascer das cinzas	245
Missão cumprida	247

Bom dia, minha gente!

Atualizando a conversa, mantive os encontros marcados no jornal *O Dia*, aos domingos, para falar livremente. Quanto a sugestões de temas para uma boa conversa carioca, dei a minha palavra de sambista que aceitarei as que achar interessantes sem omitir o nome de quem sugeriu. Trata-se de uma conversa entre amigos.

Apesar do título da coluna, "Palavra de Sambista", não versamos exclusivamente sobre samba e sim sobre música em geral, sem nenhum preconceito.

Como nos livros, meus assuntos passeiam por literatura, religião, bebida, futebol, amor, trabalho, política... Com palpites sobre tudo que vier à cabeça. Por falar nisso, veio à cuca o dia de elegermos o presidente, o governador e os nossos representantes dos legislativos nacional e local.

Você, meu amigo, que não é filiado a nenhum partido, está desempregado e trabalhou por um deputado que lhe deu esperança de uma colocação no gabinete dele, tenha a certeza de que foi enganado. Via de regra só são nomeados os militantes filiados; portanto, você já dançou nesta. Pense na próxima, filie-se a uma sigla que preferir e, como o voto é secreto, pode votar em quem quiser.

Um cidadão comum tem vantagens sendo filiado a um partido político, principalmente se for militante. A filiação é prerrogativa para conseguir nomeação para um cargo público e o primeiro passo para uma carreira política. Eu sou filiado ao PC do B sem objetivos políticos e cumpro a minha obrigação eleitoral livremente. Não sou militante, então vamos falar de futebol. Como bom vascaíno, sou fã do Roberto Dinamite, mas ele não foi um bom administrador e nem um político expressivo.

Ganhei dele uma camisa do Clube da Cruz de Malta com meu nome, mas acho horroroso aquele uniforme de camisa branca com grande cruz vermelha.

Um dia desses, chegando de viagem, liguei a televisão, sabedor de que o Vasco estava em campo; vi dois times jogando e fui mudando de canal procurando o meu. Segui apertando o controle remoto e dei de cara com o Flamengo envergando a camisa do Tabajara Futebol Clube, do Casseta e Planeta. Achei ridículo e dei uma gargalhada, mas fiquei com uma pulga atrás da orelha. Voltei ao primeiro canal e, pra minha tristeza, era o Vasco que estava jogando com aquela camisa que lembra os Cruzados da Inquisição, religiosos que queimavam pessoas em nome de Deus. Cruzes! Sinto até arrepios.

O Vasco da Gama
Tem uma bela história
Mas como sinto saudades
Do Expresso da Vitória
Um time de grandes craques
Que não sairão da memória

Nas vitórias é muito bom gritar: Vascooooooooooo!!!

Folia de Reis, um milagre?

A 25 de dezembro se reúnem os foliões e vão para as ruas bater caixas nos portões. E vão pandeiros, sanfoneiros, violões... Eles só voltam para casa dia seis, Dia de Reis; por sete anos se repete o ritual. Para todo canto levam o bem, espantam o mal. Na folia tem palhaços que fazem versos e diabruras, representam o Tinhoso, tentador das criaturas, mas também tem a bandeira, a Bandeira do Divino, mais atrás os Três Reis Magos, procurando o Deus Menino. Batem lá na sua porta, pra pagar uma promessa, levam mestre e contramestre pra poder cantar à beça: *Ô de casa! Ô de fora! Quem de dentro deve estar? Os de fora, Santos Reis que lhes vieram visitar. Senhora dona da casa, ai, ai... Abre a porta e acende a luz, ai, ai...Pra receber Santos Reis, ai, ai... Que caminham por Jesus, ai, aaaai.* Dia 20 de janeiro, eles dão uma festinha, com viola, violeiro, desafio e ladainha.

É a Folia de Reis, manifestação folclórica religiosa do sul de Minas Gerais e do Rio de Janeiro, que acontece também em outros estados. Começa com o sofrimento, como tudo de pobre. Um homem de fé tem um grande problema qualquer, geralmente de saúde, dele mesmo ou de alguém da sua família, e faz uma promessa aos Santos Reis de, se sanado o problema, peregrinar com uma folia por um período de sete anos. Com sacrifício compra alguns instrumentos tipo caixas, bumbos e chocalhos, ou os fabrica primitivamente, e convida amigos para ajudá-lo a cumprir a promessa.

A folia é formada geralmente por 15 ou vinte componentes, incluindo dois palhaços, um mestre, um contramestre e um bandeireiro, que representam os Reis Magos: Melquior, Gaspar e Baltazar. Na bandeira, fitas de cetim, uma imagem do Menino Jesus encoberta com um véu e muito enfeitada com fitas. Os uniformes que os foliões usam são feitos com panos baratos, calças de uma cor, blusa de outra, levando na cabeça bonés ou quepes adornados com espelhos e flores de papel. É coisa séria para os foliões e emocionante para quem assiste. Em Duas Barras, todos os anos, no segundo domingo de janeiro, acontece a melhor festa da cidade, a de Santos Reis. Dezenas de grupos se dirigem ao presépio na praça e cantam rezando para a paz e alegria na cidade.

Como de costume, estive lá e mais uma vez me emocionei com a fé daquela gente humilde e religiosa. Tranquilamente passei por Friburgo na volta, um dia antes da enchente. Que sorte! As duas cidades mais próximas, Sumidouro e Bom Jardim, que distam apenas cerca de 20km do centro para um lado e para o outro, foram arrasadas, mas, graças a Deus, Duas Barras nada sofreu. Acreditamos que foi um milagre dos Santos Reis.

Ao som de harpas

Diz um samba: *Viver, fazendo o bem, sorrir e sem sofrer amar alguém. Ter amizade como criança, felicidade encontrar na esperança. Vamos viver, sentindo as vidas. Amar, amar e esquecer as despedidas.*

Prefiro os abraços das chegadas, não curto despedidas. Amo a vida, não penso na morte, mas, quando perco uma pessoa da minha estima, reflito sobre a vida posterior: o céu... o purgatório... o inferno... Este, para os maus, o segundo para os inadimplentes e o céu para os bons.

Está escrito que Jesus disse que os pobres são felizes porque terão o paraíso, mas eu não acredito que os pobres de espírito, rancorosos e que blasfemam serão recebidos pelo Pai Nosso. O Cristo falou também que é mais fácil um camelo passar pelo buraco de uma agulha do que um rico entrar no Reino de Deus. Na minha interpretação, o Nazareno se referiu aos poderosos avarentos. Creio que os bem-sucedidos, caridosos e solidários, como a saudosa Lily Marinho, terão entrada franca no céu. Senti a morte dela. Nós nos admirávamos.

A bela dama abrilhantou alguns shows meus com a sua presença e eu compareci a alguns jantares na mansão do Cosme Velho. Tive a honra de ser convidado para o lançamento do seu livro *Roberto & Lily*, no Palácio de Versalhes, em Paris, um grande acontecimento social na França. O livro foi divulgado pelo nosso *promoter* comum, Fernando Sant'ana, mas quem mais nos aproximou foi a Hildegard Angel. Por incrível que pareça, D. Lily ligava pessoalmente para a minha mulher, Cléo, para confirmar presenças e elas, tão diferentes tanto do ponto de vista social, quanto em relação à faixa etária, costumavam conversar por bom tempo ao telefone. Todos ficaram emocionados na recepção que ela fez para sua amiga Ana Paula dos Santos, a primeira-dama de Angola, quando disse: "Esta casa já recebeu as rainhas da Dinamarca e da Suécia, Fidel Castro, presidentes dos Estados Unidos, de Portugal e do Brasil, mas é a primeira vez que tenho a honra de acolher tão ilustre representante do continente africano. A escravidão é a grande vergonha do mundo, mas sem a força e a inteligência daquele povo, o Brasil não seria essa grande potência".

Sempre alegre e participativa, certa vez subiu as escadas do Vivo Rio e, humildemente, esperou na fila para me cumprimentar no camarim. Ela gostava de música, era fã de Charles Aznavour e Nana Mouskouri. Me parabenizou pelas versões que fiz de *La Bohème* e *Un Jour Tu Verras*. Nascida na Alemanha, criada na França, amava o Brasil. Com certeza sua alma foi encaminhada ao Senhor pelos anjos, ao som de harpas.

Boas festas, sempre!

Quando Dilma Rousseff já estava na Presidência dando as ordens, no seu primeiro escalão havia muitos "ministros de saia", mas que usavam também os sensuais terninhos de executivas. As mulheres estão mesmo no comando. A simpática Ten. Cel. Cláudia Lovain comandou 1.500 homens, tranquilamente, na chefia da segurança do Réveillon do Rio. Desejo a elas Boas Festas e também a você, meu amigo ou amiga, que me está lendo. Talvez pela sua cabeça passe que o período das festas já se foi, mas em janeiro você pode mandar e-mails com votos de Feliz Ano Novo.

Escrevam: *"Que os seus sonhos se realizem"*; *"Saúde e realizações"*; *"Que a paz do Senhor esteja contigo"*. Se não quiserem ser repetitivos, enviem: *"Alegria e muita música na vida"*; *"Amor no coração e sentimentos correspondidos"*; *"Beleza para os seus olhos, bons sons para os ouvidos"*; *"Apurado paladar para os quitutes e olfato para sentir leves odores"*.

Invente outros, de acordo com as pessoas para as quais vai remeter, ou simplesmente deseje "Boas Festas" porque elas se sucedem, segundo o Anézio do Cavaco, compositor de interessantes sambas. Ele foi componente do Grupo Partido em 5, que gravou três discos, junto com Candeia, Hélio Nascimento, Velha, Joãozinho da Pecadora, Casquinha, Roque do Plá e Luiz Grande.

Gravei do Anézio, no LP *Presente*, a música *As festas*, uma das melhores do disco:

As festas, levam todo meu dinheiro
As festas que existem o ano inteiro
Em primeiro de janeiro data tradicional
Que se festeja no mundo inteiro a fraternidade universal
Mas depois vem fevereiro e também gasto o meu dinheiro
Comprando a fantasia para o Carnaval
Depois do Carnaval respeito também a Quaresma
Vem o domingo Pascoal e chega o mês de maio
Mês de Maria com a comemoração do consagrado dia das mães
Aquela que é amor, ternura e abnegação
Pra terminar o mês de maio ainda tenho a festa da coroação
E chego ao mês de junho com Santo Antônio, São João
E com São Pedro eu mantenho a tradição
Terminam as festas juninas, julho vai
Em agosto eu dou de cara com o dia do papai
No decorrer do mês de agosto
Eu tenho outras festas mas não gasto um tostão
Dizem que ele é o mês dos desgostos mas pra mim não traz desgostos não
Depois vem o mês de setembro
Das criancinhas me lembro e dou doces pra Cosme e Damião
Depois do Dia das Crianças eu tenho um descanso afinal
Vejo a minha situação, dou um balanço no meu capital
Depois vem o mês de dezembro e de muitos presentes me lembro
É chegado o dia de Natal
As festas, as festas...
Levaram também o meu décimo terceiro
As festas que eu fiz durante o inteiro
Por isso ando duro companheiro".

Martinho da Vila

Feliz ano-novo, Brasil! A vida vai melhorar

Estive no Recife. Fui incrementar o Réveillon dos meus conterrâneos. Lá me sinto em casa porque:

Eu sou um cidadão Pernambucano
Da Cidade de Jaboatão
Bibarrense do Rio de Janeiro
Não preciso de autoafirmação

Sim, mas sou também cidadão carioca honorário de São Paulo, do Espírito Santo, da Bahia e das cidades de São Borja, Santa Maria Madalena... Considero-me e sou considerado meio angolano, bastante português e um tanto francês, mas em qualquer lugar aonde quer que eu vá eu sou brasileiro. Feliz Ano Novo, Brasil! Ano novo, vida nova para se fazer o que pode e o que gosta.

Gosto mais das festas de fim de ano do que dos festejos do Natal, embora eles sejam para festejar o aniversário de Jesus Cristo, Nosso Senhor, que me perdoa pela preferência. É que os 31 são de sonhos alegres, desde antes, período em que se sonha com um Réveillon festivo; e os antecedentes dos 25 são tensos. Todos têm o problema da compra dos presentes, inclusive os mais ricos, que se perguntam: "O que vou dar para a minha mulher, se ela já tem de tudo? E para os filhos que não necessitam de nada?".

Os mais pobres, coitados, gostariam de dar o que a mulher e os filhos precisam e ficam em pânico ao pensar nas cartinhas que os filhos escreverão ao Papai Noel. Não é correta a letra da bela musiquinha que diz:

Como é que Papai Noel
Não se esquece de ninguém
Seja rico ou seja pobre
O velhinho sempre vem

Digo isso porque já passei um Natal sem presentes do meu pai, que não foi um bom velhinho, porque nem chegou a envelhecer. Em contrapartida não me lembro de nenhuma passagem de ano triste. Pode ter havido, mas todas as tristezas eu deleto da memória como uma mensagem desprezível que recebo no computador. Às vezes me lembro daquele Natal sem presentes, mas só por causa da alegria do mesmo ano novo, pois o pai arranjou dinheiro e me encheu de regalos — uma bola de futebol, um caminhão grande de madeira, uma caixa de lápis de cor, caderno de desenhos para colorir e um livro infantil.

O Ano Novo começa, normalmente, bem. É bom sonhar com a felicidade, fazer planos. Nos meus estão sempre o lançamento de um novo livro, um CD ou DVD, viajar, criar, cantar muito.

E vocês, meus leitores? Cantem também, tenham fé, sonhem e lutem pelos seus sonhos, esquecendo as tristezas porque "quem canta seus males espanta". Se liguem na música:

Canta, canta minha gente
Deixa a tristeza pra lá
Canta forte, canta alto
Que a vida vai melhorar

Como é bom cheiro de terra!

Fui para Duas Barras passar o Natal com a família (Preta, Preto e Alegria); Elza, minha mana mais velha; Vinícius, meu afilhado; uns amigos – Pacheco, Prof ª. Débora e os filhos deles, José e Carol. Ceamos com os empregados da fazenda e do ICMV (Instituto Cultural Martinho da Vila).

Como gosto da minha cidade! Lá só tem gente boa, um ótimo astral e um cheiro bom no ar.

As metrópoles não têm bons odores. Suas favelas e periferias também não. Nas grandes cidades, é intoxicante o cheiro de gás carbônico que fica no ar dentro dos túneis e nos congestionamentos. Pobre de quem tem de andar em transporte sem ar refrigerado...

Nas favelas, os que moram na parte mais alta sentem menos os efeitos da poluição, mas a coleta de lixo é feita de maneira precária. Um dos grandes problemas da periferia são os esgotos a céu aberto. Quem mora perto das valas, volta e meia tem de jogar nelas um pouco de creolina, mas o cheiro é forte.

Qualquer forte odor é ruim, mesmo sendo os de aromas femininos. Prefiro uma pele fresca, cheiro de gente.

Aqui vai um caso perfumado:
Dois amigos se encontraram na garagem do prédio:
— Olá! Bom dia!
— Bom dia! Como vai passando?

— Legal! E você, pelo jeito, idem, pois está tão no capricho que nem parece que vai para o batente.

— Tenho audiência numa Vara de Família e me preparei para que minha ex-mulher sinta como estou bem sem ela.

— Acho que você quer é seduzi-la. Está tão perfumado... Quem se perfuma quer seduzir. Que perfume é esse?

— É...

— Não parece. Eu conheço e você está com cheiro estranho.

Conversa vai, conversa vem, concluiu-se que o cheiroso exalava um misto de creme rinse e xampu... acrescido de um desodorante, loção pós-barba e o tal perfume.

Pior só quando se entra num elevador com pessoas perfumadas. Maior brabeza ainda é se as pessoas são amigas, e a gente tem que abraçá-las. Sai-se do elevador com um buquê estranhíssimo.

Encontrar um amigo é sempre bom, mas não muito se estiver embriagado. O "bafo de onça" é ruim até para quem bebe. Também para tabagistas cheiro de quem fumou charutos, cigarrilhas ou muitos cigarros é desagradável. Bom mesmo é cheiro de campo. À medida que me aproximo do interior, vou me extasiando com os odores do mato. Muito bom, muito bom!... Mais prazeroso ainda é o cheiro de terra molhada, quando cai uma rápida chuva de verão no "meu Off Rio".

É Natal! O melhor presente é um livro

Oi, amiga! Alô, amigo!

Dia de Natal e de aniversários são boas ocasiões para presentear, e o melhor presente é um livro.

Vamos ler?

Vale qualquer um, mas não se engane vasculhando só as orelhas, o prefácio e a contracapa. Eu amo os livros, mas não sou leitor compulsivo e não aprecio livros pesados. Grossos só de contos ou poesia.

Além de ler, o que mais gosto de fazer é cantar.

Qualquer palco é mágico e nele o artista se transforma. É também místico. Já entrei em cena num teatro com dor de dente, não senti nada durante a atuação e a dor. Depois...

No palco é onde me sinto melhor, ele me dá prazer. Outra boa atividade é a composição, um prazeroso autossuplício. A junção de notas musicais para criar um novo som e o garimpo de palavras exatas para uma letra poética são angustiantes, mas, quando o compositor faz nascer uma nova música, tem a sensação de ter gerado um filho. Sinto o mesmo prazer quando boto o ponto final em um livro.

Quem lê atenciosamente uma obra inteira pela primeira vez tem a sensação de vitória e fica com a autoestima lá no alto, como me confidenciou Deuzina, uma das minhas irmãs que já está no céu: "Mano, já li o seu livro, o *Quizombas*. Fiquei feliz".

O que mais sensibiliza um escritor é saber que alguém leu a sua obra, mesmo que seja um parente. Perguntei:

— Alguma observação?

— Só posso dizer que foi muito bom pra mim. Li tudinho. Não conta para ninguém, mas eu nunca havia lido um livro inteiro.

Experimentei um estado de felicidade tão grande pelo que a mana me disse que as palavras me fugiram da boca. Balbuciei:

— E... E aí?

— Estou me sentindo vitoriosa. Parece que sou outra pessoa.

— Pode crer que é. Leia mais que pegará gosto pelos livros e entrará para o "superior grupo dos leitores".

É um grupo seleto, porque o analfabetismo ainda não foi erradicado. Muitos alfabetizados não sabem ler direito e há pessoas formadas que só leram obras inteiras por obrigação, jamais pelo simples prazer. Entretanto, o interesse pelos livros está aumentando gradativamente, em parte graças às feiras literárias que acontecem por este Brasil afora. As bienais do Rio e de São Paulo são frequentadas por milhões de pessoas, e muitas feiras são realizadas em toda parte. Eventualmente sou convidado para algumas, mas não dá pra ir a tudo que gostaria.

Num mesmo mês participei de um evento literário em Angra dos Reis, fiz uma conferência no PEN CLUB, outra em Angola, na União dos Escritores, e também falei em Teresópolis. Não gosto muito de falar. Prefiro escrever, cantar e ler.

Boas obras devem ser relidas. É muito bom. Repus as mãos e os olhos no romance *Clara dos Anjos*, do genial Lima Barreto, um romance com música, poesia, sexo, história... E senti uma nova emoção. Vale a pena conferir. Feliz leitura, amigos!

Viva Oscar!

O Dia do Arquiteto deveria ser 15 de dezembro, porque foi quando nasceu, em 1907, o carioca Oscar Niemeyer Soares Filho, expoente da arquitetura universal. Tive a felicidade de conviver um pouco com o mestre e sua família de alto nível, todos gente boa, "sangue bom", como se diz no popular. O seu irmão, o neurologista Paulo Niemeyer Soares, foi um amigo, considerado um dos maiores cirurgiões do mundo. Grande parte das suas cirurgias foram realizadas em pacientes sem recursos financeiros. Fez-me um grande favor ao operar, gratuitamente, um parente que estava desenganado. Que Deus o tenha!

Descendente direto de peixe grande peixão é, o que comprova o seu rebento, o Dr. Paulo Niemeyer Filho, que trilha o mesmo caminho. Um dos bisnetos do Oscar, Paulo Sérgio, também arquiteto, casa-se no próximo dia 18 e eu estarei presente.

Sou muito grato porque o idolatrado homem sem vaidades permitiu que eu desenvolvesse o enredo Oscar Niemeyer, o Arquiteto no Recanto da Princesa para o Carnaval de 2003, quando a Vila estava passando por uma fase difícil no Grupo de Acesso. A única exigência dele foi que o enredo fosse não apenas uma homenagem, mas que tivesse um cunho político social, com alusões aos sem-terra, e assim foi. Além disso, desenhou um carro e foi algumas vezes supervisionar os trabalhos no local onde estavam sendo feitas as alegorias. Numa dessas ocasiões, paramos na porta do barracão, nos sentamos a uma mesa cedida por um ambulante estacionado e bebemos uma cervejinha fumando cigarrilha. Inesquecível.

Quando consegui junto ao Governo do Estado do RJ, no tempo do Garotinho, da Benedita e da Rosinha, um espaço para fazer o Centro Cultural da Unidos de Vila Isabel, Oscar me deu o projeto arquitetônico de presente, uma joia artística que incluía: um teatro-escola, uma biblioteca, uma sala dedicada à história de Noel Rosa, um centro de memória e uma quadra de ensaios polivalente. O gênio mandou um auxiliar fazer a maquete e determinou que seu engenheiro, Jair Valera, fizesse o detalhamento da obra, tudo de graça. Entusiasmado, saí em campo para conseguir patrocínios, mas uma nova diretoria da escola foi eleita e ficou encarregada de executar o projeto que seria importante não só para a Unidos da Vila e para o bairro, mas para a cidade. A obra ainda não saiu do papel, o que me deixa muito chateado, mas o sonho continua. Quem sabe, um dia...

Descanse em paz, Mestre!
Gratidão.

Noel, sua cadeira ainda está vazia

Noel de Medeiros Rosa, o Poeta da Vila que foi promovido no meu CD a Poeta da Cidade, se não gostasse tanto de viver intensamente teria vivido mais.

Morreu cedo porque foi intensamente afoito: adolesceu na boemia, bebia até cair, paquerava todas as moças sonhadoras de Vila Isabel. Namorou muitas de família ao mesmo tempo, transou com mulheres de todas as cores, de várias idades, de muitos amores... Casadas, livres, meretrizes... Incredível como moças bem comportadas, religiosas, jovens e idosas virgens, sonhavam casar com aquele branquinho magricela de rosto defeituoso e farrista.

Creio que Noel só gostou mesmo da Lindaura, com quem se casou para morrer, pois já estava tuberculoso, mas sua paixão era Ceci, a Dama do Cabaré. Com esta queria viver uma vida a dois, mas ela era como ele, de muitos amores. Sempre foi o preferido dela, mas ao sentir que estava sendo preterido pelo jornalista Mário Lago, jovem como ele, mas o seu inverso — bonito e sempre bem vestido, fino. Mário tratava Ceci como uma dama, mas não de cabaré; da sociedade. Levou a dançarina pela primeira vez a um teatro, o que muito a sensibilizou. Ceci sinalizou para Noel que seu coração estava dividido e que não pretendia abrir mão do seu novo amor. Desesperado, Noel decidiu abandoná-la, mas pediu que ela satisfizesse o seu último desejo carnal. Foi atendido. Inspiradíssimo, como sempre, e apaixonado, compôs uma das suas últimas criações, um samba de despedida, dela e da vida:

Nosso amor que não me esqueço/ E que teve seu começo numa festa de São João/ Morre hoje sem foguete, sem retrato e sem bilhete, sem luar e sem violão/ Perto de você me calo, tudo penso e nada falo/ Tenho medo de chorar/ Nunca mais quero seu beijo/ Mas meu último desejo/ Você não pode negar/ Se alguma pessoa amiga pedir que você lhe diga se você me quer ou não/ Diga que você me adora/ Que você lamenta e chora a nossa separação/ E às pessoas que eu detesto/ Diga sempre que eu não presto/ Que meu lar é o botequim/ Que eu arruinei a sua vida/ que eu não mereço a comida que você pagou pra mim.

A família de Noel era da classe média. Naquele tempo não era como hoje, que se pode classificar as classes sociais em cinco categorias: A (média alta), B (média), C (média baixa), D (pobre) e E (paupérrima), além dos M e R (milionários e ricaços). Só havia três classes, a dos ricos, a dos pobres e a dos médios. Como até hoje, a classe média passava por grandes problemas financeiros, mas mesmo assim Noel estudava no tradicional Colégio São Bento e entrou para a Faculdade de Medicina, curso que abandonou para viver na boemia e atuar na vida artística.

Desfeito o Bando dos Tangarás ao qual pertencia, Noel foi convidado por Francisco Alves a integrar um grupo para fazer uma grande excursão pelo sul do Brasil. O Ases do Samba era formado por Peri Cunha (bandolim), Nonô (piano), Mário Reis, Francisco Alves(vozes) e Noel Rosa, violão e voz.

Chico Alves com seu vozeirão, Mário Reis com a sua clássica doçura e Noel, que tocava um violão básico, não sustentava uma nota por bastante tempo, mas mesmo assim se destacava porque era carismático, alegre e tinha muito ritmo no seu jeito particular de cantar seus sambas.

Na excursão aconteceu um fato interessante. Francisco Alves, o líder, exigia que todos se apresentassem em traje a rigor, que Noel detestava. Em Porto Alegre ele saiu com seu terno branco e não apareceu na hora do show. O público apupava e o espetáculo começou sem Noel. No final a plateia aplaudia, mas não arredava pé, esperando por ele, que chegou propositalmente atrasado, um tanto embriagado e todo sujo. Chico Alves ficou possesso:

— Que papelão hein, seu malandro irresponsável!

Mário Reis falou:

— Mete ele no palco assim mesmo. Não dá mais tempo de tomar banho e mudar de roupa.

Noel entrou meio cambaleante, o povo riu, mas ele se impôs. Quando cantou o *Gago Apaixonado* foi um sucesso estrondoso. Todos voltaram para o número final com seus trajes pretos e Noel de branco. A partir daí, ele nunca mais usou o *smoking*.

Todo mundo admirava o Poeta da Vila, ninguém se furtava a sua companhia, mas também falavam mal dele:

— Só vive metido com mulher da vida e vagabundos.

— Não sei o que ele vai fazer nos subúrbios. Coisa boa não pode ser.

— Prefere as tendinhas do Estácio e da Mangueira aos bares da Galeria Cruzeiro e do Café Nice.

— Só gosta de pé sujo. Raramente vai à Confeitaria Colombo.

Noel fez uma bela crítica a seus críticos com o samba *Filosofia*:

O mundo me condena e ninguém tem pena/ Falando sempre mal do meu nome/ Deixando de saber se eu vou morrer de sede ou se vou morrer de fome/ Mas a filosofia sempre me auxilia/ A viver indiferente assim/ Nesta prontidão sem fim/ Vou fingindo que sou rico pra ninguém zombar de mim/Não me incômodo que você me diga/ Que a sociedade é minha inimiga/ Pois cantando neste mundo/ Vivo escravo do meu samba/ Muito embora vagabundo/ E pra você da aristocracia/ Que tem dinheiro mas não compra a alegria/ Há de viver eternamente/ Sendo escrava dessa gente/ Que cultiva a hipocrisia.

No seu centenário muito se falou sobre o Poeta da Vila, mas ele é tão grande que sempre há algo a acrescentar. Concordo com tudo que Cartola disse no samba, ainda inédito, *Cadeira Vazia*:

Eu quisera esquecer o passado/ Eu quisera mas sou obrigado / A lembrar do velho Noel/ Velho Noel/ Ainda resta a cadeira vazia/ Na Escola de Filosofia/ Do Bairro de Vila Isabel /Professores trilham seu caminho/ Entre eles destaco o Martinho/ Mas nem todos nem eu nem ninguém/A você se chegou/ Eu também agora prossigo/ Esse imenso trabalho/ Não sei se o baralho/ Deu trunfos demais a você/ E poucas cartas pra mim.

Noel nasceu em 1910, assim como Nássara, Custódio Mesquita, Haroldo Lobo, Luiz Barbosa, Claudionor Cruz, Manezinho Araújo, Vadico e Adoniram Barbosa, mas 2010 é que ficou conhecido como o Ano Noel Rosa, porque ele "transformou o samba neste feitiço decente que prende a gente". E além das suas músicas, criadas em cerca de sete anos dos seus 27 de vida, Noel, com sua postura foi um baluarte na luta contra preconceitos: o social, andando pelos subúrbios, subindo morros; o musical, que havia contra cantores músicos populares, empunhando o violão e cantando no rádio; o racial, fazendo parcerias com compositores negros (Alcebíades Barcelos, Armando Marçal, Zé Pretinho, Brancura, Heitor dos Prazeres, Cartola, Donga, Ismael Silva) e até o sexual, porque tinha amigos gays, e dedicou o samba *Mulato Bamba* ao lendário Madame Satã.

O gênio foi muito homenageado no seu centenário, mas o maior laurel adveio da Unidos de Vila Isabel com o enredo Noel — A Presença do Poeta, cantando o samba que fiz, creio, iluminado pelo seu espírito:

Se um dia na orgia me chamassem/ E com saudades perguntassem por onde anda Noel/ Com toda minha fé responderia/ Vaga na noite e no dia/ Vive na terra e no céu/ Seus sambas muito curti com a cabeça ao léu/ Sua presença senti/ No ar de Vila Isabel/ Com o sedutor não bebi, nem fui com ele a bor-

del/ Mas sei que está presente com a gente neste laurel/ Veio ao planeta com os auspícios de um cometa/ Naquele ano da Revolta da Chibata/ A sua vida foi de notas musicais/ Seus lindos sambas animavam carnavais/ Brincava em blocos com boêmios e mulatas/ Subia morros sem preconceitos sociais/ Foi um grande chororô quando o gênio descansou/ Todo o samba lamentou/ Fez a passagem pro espaço sideral mas está vivo neste nosso Carnaval/ Também presentes Cartola, Araci e os Tangarás, Lamartine, Ismael e outros mais/ E a fantasia que se usa pra sambar com o menestrel/ Tem a energia da nossa Vila Isabel.

Que pena Noel ter descansado tão cedo!... Certamente seríamos parceiros em alguns sambas de enredo para a Unidos de Vila Isabel, escola do bairro onde não nasci cujo nome herdei em artes.

As cuícas choram

A inconfundível cuíca do Ovídio Brito cantava e chorava, como ele foi cantado e chorado no seu gurufim no Renascença Clube, onde encantou pela derradeira vez.

O sol se escondeu
O céu se enuveceu
Se fez um véu de tristeza singular

É trecho de um samba feito por um outro Ovídio, o da Cidade de Deus, para a saudosa Clara Nunes que admirava o elegante modo de sambar do Ovídio da Cidade Alta. Dizia que ele era "um negro lindo, uma pessoa bonita".
Conheci o excelente ritmista tocando com a Beth Carvalho, num grupo chamado A Fina Flor do Samba. Desfeito o grupo, Ovídio fez sons para a maioria das nossas estrelas, passou a viajar comigo e viveu a maior parte da sua vida profissional em minha companhia. Sambava miudinho no partido-alto, ajudava no vocal e tocava magistralmente o pandeiro e outros instrumentos de percussão com sensibilidade incomum. Em carreira solo como cantor, gravou um CD em minha homenagem intitulado *Viajando Com Martinho*, em comemoração aos seus 50 anos de carreira e aos meus 70 de idade, um disco primoroso que me envaideceu, me encheu de felicidade e de alegria me fez chorar.

Ovídio amava a vida, era muito alegre, mas seu disco leva à reflexão. Depois de vasculhar a minha discografia, surpreendentemente escolheu *Pensando Bem*, a música mais dramática que fiz com João de Aquino. Gravou *Sempre a Sonhar*, feita em parceria com Rui Quaresma, e também o samba dolente *Leila Diniz*, criação minha com Nei Lopes, todas alusivas à morte como *Eterna Paz*, letra que fiz para uma melodia do Candeia:

Como é bom adormecer com a consciência tranquila
As chuteiras penduradas depois do dever cumprido
Despertar num mundo livre e despoluído
Onde tudo é só amor, coisas imateriais
Onde o medo não existe nem das reencarnações
Pois as purgações da terra são pra se purificar
E se tornar ser abstrato, imaterializável
Até ser flor-luz que influi nas gerações
Sempre lutar pelas coisas em que se acredita
Mas tem de ser luta bonita, de ideais comuns
Quem não for justo e honesto nas coisas que faz
Jamais será flor que flui pra viver na eterna paz
Jamais será luz que influi para a vida na eterna paz.

Ovídio Brito foi flor, foi luz, foi som, foi camaradagem, foi amizade. Viveu cantando a vida, não morreu, desencantou como diz o samba do seu xará Ovídio Bessa, parceiro do Aluizio Machado:

A morte pra mim não é despedida
Porque a morte é a vida
Que se faz continuar.

As cuícas choraram copiosamente na sua emocionante partida, mas todos nós, seus amigos, certamente no futuro vamos nos encontrar.
Até um dia, amigo Ovídio!

Ô, demônio, capricha!

Não se deve discutir religião. Cada um na sua, ou nas suas. A minha de berço é católica, mas eu tenho meus guias assentados num terreiro de candomblé. Se um amigo messiânico quer me aplicar um johrei, eu recebo com muito prazer. Tenho muitos parentes evangélicos que oram por mim e eu lhes sou grato. Há católicos e protestantes que abominam o espiritismo, mas no fundo todos são espíritas, pois acreditam no Espírito Santo.

A religião é o ópio do povo. Esta máxima comunista, atribuída por alguns a Karl Marx, foi citada antes por antigos filósofos e virou dito popular.

A plebe ignara não leu o *Manifesto Comunista* e a classe média intelectualizada, que leu, em sua maioria não é agnóstica, mas, em se tratando de religiosidade, os pobres são os mais praticantes. Em todas as igrejas, centros espíritas ou templos de qualquer religião, nota-se a predominância das classes média, baixa e pobre, principalmente dos menos privilegiados, em termos materiais. Talvez seja porque está escrito que os pobres terão um lugar no céu, onde os ricos dificilmente entrarão.

A Bíblia cita em Mateus 21-24 estas palavras de Jesus: "Em verdade vos digo que um rico dificilmente entrará no céu. E vos digo ainda: é mais fácil um camelo passar pelo buraco de uma agulha do que um rico entrar no reino de Deus".

Entretanto, eu creio que os ricos não avarentos, caridosos e honestos, mesmo sendo ateus, terão a graça divina.

O reino de Deus é o céu, para onde vão todas as almas benditas, um lugar superior no infinito, iluminado por estrelas, onde o Criador de Todas as Coisas está sentado no seu trono, cercado pelos Anjos do Bem e ladeado por seu filho, Jesus Cristo. Creio que o purgatório é aqui, o inferno é o lugar de sofrimento das almas malignas e fica no centro da terra, de onde eclodem materiais incandescentes que afloram à superfície em forma de vulcão. Acredita-se que os vulcões ocorrem para avisar aos seres terrenos que o inferno é o lugar de sacrifícios dos maus.

Segundo um dito popular, o céu é lá em cima e o inferno é lá embaixo. Esses pensamentos me remetem a um samba do grande Paulo Vanzolini, cientista e compositor:

No último dia da vida encontrei-me com meus pecados
Uns maiores, outros menores, mas no geral bem pesados
Do outro lado somente a ingratidão que sofri
Um anjo pôs na balança e vestido de branco eu subi
Agora só toco harpa de camisola e sandália
Espio pra ver lá embaixo a quadrilha da fornalha
Aquela ingrata hoje está trabalhando de salsicha
Espetadinha num gancho
E satanás... fritando a bicha
Ô, demônio! Capricha!

Valeu, Zumbi!

A Semana da Consciência Negra não é só dos negros. É de todos os brasileiros, independente da cor da pele, todos devem se conscientizar sobre a nossa história. Os afrodescendentes influenciaram na formação do Brasil e se destacaram na literatura, no futebol, na música popular e nas artes em geral, inclusive na música clássica. O nosso primeiro autor erudito foi o Padre José Maurício, maior compositor sacro das Américas no Século XVII.

O feriado de 20 de novembro foi criado para a reflexão sobre a inclusão social do negro e também para se comemorar e festejar como manda a tradição africana. Na África se chora cantando e se dança rezando quando morre alguém que cumpriu bem a sua missão aqui na Terra. Tanto mais importante o falecido, maiores são os alegres combas em Angola, semelhantes aos nossos antigos gurufins, com comes e bebes, costume que veio das terras dos nossos ancestrais. Nas favelas, antigamente, os mortos eram velados em casa e os amigos se reuniam para rezar por uma noite inteira num barraco à volta do corpo. Outros conversavam lembrando casos vividos pelo falecido e não se furtavam a histórias engraçadas. Formava-se uma roda com brincadeiras de gurufins, hilárias como a que noticiava roubo na casa de alguém, denunciado ao participante, denominado Martins Gravata, por outro que personalizava o Mestre:

— Martins Gravata!
— Pronto Seu Mestre!
— Esta noite houve um roubo.
— Aonde?
— Na casa do Violão Sem Braço.
— Aqui na oito não houve.
— Então onde foi?
— No barraco do mentiroso.
— Na sete ninguém rouba nada. Acho que foi na casa do Pé Grande.
— Que nada! Aqui na 44 eu chuto com o meu pisante.
— Será onde que foi o roubo?
— Na moradia do Maluco.

Se o representante da casa 22, distraído, não respondesse, tinha de dar a mão à palmatória e a gargalhada era geral.

Hoje os alegres gurifins não mais acontecem porque os velórios são em tristes capelas mortuárias, mas, quando morre um sambista considerado, o corpo é velado na quadra da sua escola e o samba não pode faltar. O mais concorrido velório de que participei foi o do Beto Sem Braço, no Império Serrano; e os mais emocionantes foram os do Cabana, na Beija-flor e o do Luiz Carlos da Vila, em Vila Isabel. Neste, de início cantarolamos, baixinho, algumas de suas músicas, depois fizeram ritmo com palmas de mãos e lá pelas tantas da madrugada uma roda de samba se formou.

A tradição dos gurufins e combas também acontecia nos aniversários de falecimento, o que justifica os festejos no Dia de Zumbi.

Ponte aérea
Luanda — Rio

Caros amigos. Certo dia desembarcou do Rio um grupo de intelectuais formado por poetas e literatos de Angola: General Carmo Neto, então secretário-geral da União dos Escritores; Virgílio Coelho, antropólogo e escritor; João Tala, médico e prosador; Albino Carlos, jornalista escritor, e Manuel Rui Monteiro, autor da letra do *Hino Nacional Angolano* e meu parceiro na música *À Volta da Fogueira*.

Foram direto para Duas Barras visitar o Instituto Cultural Martinho da Vila. Na minha cidade participaram de um sarau, na Casa de Cultura, onde houve um recital de poesias. Tudo foi documentado pelo jornalista Helder Silva, da TV Zimbo, canal independente de lá. Foi um encontro cultural emocionante, ao som da bandinha do Instituto, comandada pelo Maestro Rubens.

Depois do sarau, houve um coquetel organizado pela secretária municipal de Cultura de Duas Barras, Camila Ponce. Em conversa descontraída com os professores bibarrenses, falamos da política brasileira e os visitantes declararam que toda a Angola estava torcendo pela vitória da Dilma Rousseff, que festejamos quando aconteceu.

O Brasil está em todos os noticiários do mundo porque elegemos a nossa primeira presidenta com a maior votação do planeta. Ela tem a missão de manter o conceito internacional do País, não só graças aos avanços econômicos e democráticos, mas também pela nossa música e nosso esporte.

A fila anda. A mulher ainda nem assumiu o comando e a campanha para 2014 já começou. Os militantes ardorosos e fanáticos pela Marina, Cabral e Aécio já estão articulando. Se eu fosse o Lula, faria como o Pelé, que não aceitou os apelos e saiu de cena no auge. Getúlio não resistiu ao assédio e se ferrou.

Se liga, Seu Inácio!

Deveria ter pego a D. Marisa e ido passear pelo mundo para rever países que visitou, mas não conheceu, depois comprar uma fazendinha em Pernambuco e viver tranquilo. Só sair de lá para fazer palestras profissionais, muito no exterior, muito bem pagas.

Bem, amigos, chega de política. Agora é entrar em clima de festa, planejar o Natal e sonhar com um bom Ano Novo.

No Natalício de Jesus eu me quero no "meu off Rio", como chamo Duas Barras, onde pretendo receber uma Folia de Reis em casa e juntar para cear em mesa grande com a mulher, filhos, alguns amigos e os empregados da fazenda. O meu Réveillon será na Praia da Boa Viagem, Recife/PE.

Quem me lê, pergunta:

— E o Carnaval?

— Deixa quieto, por enquanto. Está muito longe e podem cair as águas de março, que vez ou outra se adiantam.

Ainda sonho em passar um Carnaval em Luanda.

Lusofonia

Eu gostaria de exaltar em bom tupi as belezas do nosso país. Falar dos rios, cachoeiras e cascatas, do esplendor das verdes matas e remotas tradições. Também cantar em guarani os meus amores, desejos e paixões, como fazem os povos das nações irmãs que preservam os sons e a cultura de raiz. A expressão do olhar traduz o sentimento, mas é primordial uma linguagem comum, importante fator para o entendimento, que é semente do fruto da razão e do amor. É sonho ver, um dia, a música e a poesia sobreporem-se às armas na luta por um ideal e preconizar a lusofonia na diplomacia universal.

A prosa acima é a letra de um samba feito em parceria com Elton Medeiros, para um CD denominado *Lusofonia*. Conheci essa palavra por ocasião de um encontro com o ex-presidente Mário Soares na Embaixada de Angola em Lisboa. Sem complexo de ignorância, perguntei:

— O que é lusofonia?.

Alguém me disse que era melhor eu perguntar ao José Aparecido de Oliveira, na época embaixador do Brasil em Portugal. E então fiquei sabendo que lusofonia é um pensamento antigo que se concretizou com a ação do saudoso Zé Aparecido de Oliveira e do ex-presidente de Portugal Mário Soares, com o objetivo de promover o interconhecimento dos povos de expressão portuguesa — Angola, São Tomé e Príncipe, Cabo Verde, Guiné-Bissau, Moçambique, Brasil,

Portugal e Timor Leste, este na época era o mais novo país lusófono. Agora temos também a Guiné Equatorial, que tem o português como uma das línguas oficiais.

Tenho um problema não resolvido com o Timor, que eu não conheço. Tive a honra de ser convidado para a posse do primeiro presidente, Xanana Gusmão, mas não pude ir.

A Comunidade dos Países de Língua Portuguesa (CPLP) tem como princípio a cooperação mútua, sem ingerir nos assuntos internos de cada país, bem como promover o desenvolvimento da educação, saúde, ciência, tecnologia, cultura e desporto. Foi o que afirmou o ex-secretário-executivo da CPLP, Domingos Simões Pereira, da Guiné-Bissau, país que ainda não visitei.

É também um sonho conhecer São Tomé, do poeta Albertino Bragança, que escreveu para o meu livro, *Os Lusófonos*, um belo texto intitulado "O Mar de São Tomé e Príncipe". Se Deus quiser, ainda chego lá.

Sou um brasileiro lusófono visto, por muitos, como angolano, e me sinto um tanto português. Justifico: perdi meu passaporte, não sei onde, e desembarquei em Lisboa sem ele, num domingo. Normalmente eu seria encaminhado a uma sala que dá a sensação de presídio e permaneceria lá até conseguir um voo de volta. Sabem o que aconteceu? O chefe do pessoal de controle me encaminhou à sua sala, ofereceu-me um cafezinho, ligou para a casa da Consulesa do Brasil; ela abriu o Consulado e eu fui autorizado a ir encontrá-la, com a obrigação de voltar ao aeroporto e apresentar o novo documento. Deu tudo certo. Viajei por muito tempo com o passaporte brasileiro tirado em Portugal. Tinha a sensação de ter dupla cidadania.

Também já fui a Havana via Luanda, com um passe outorgado por Angola, no tempo em que o Brasil não tinha relações com Cuba. Não sou cidadão angolano, mas me sinto e sou considerado como tal.

Viva Portugal! Viva Angola! Viva a lusofonia!

Feliz primavera!

Samba é a palavra preferencial do sambista. Sobre tudo de bom que está prestes a acontecer dizemos que "vai dar samba". A expressão quer dizer que será possível atingir os objetivos desejados, conseguir o resultado que se espera, ou que algo de bom vai causar alegria a muita gente.

A palavra é o suporte da poesia, que pode ser livre, solta, arredia, acadêmica ou irreverente como as dos poetas da Semana Modernista de 22, assim como no Simbolismo de Cruz e Sousa, o Poeta Negro.

Os compositores das escolas de samba, no tempo em que os ensaios começavam com novos sambas de terreiro, eram chamados de poetas, mas há diferença entre letra poética e poesia sonora.

Atenção compositores! A rima não é obrigatória na letra e nem na poesia, mas uma obra só é correta quando quem lê, ou ouve, não sente falta dela, como no samba que a Unidos de Vila Isabel apresentou em 87:

A Vila Isabel, incorporada de Maira
Se transforma em Deus Supremo dos povos de raiz
Da terra caapó, o Deus morava nas montanhas
E fez filhos do chão, mas só deu vida para um
No templo de Maira, sete deusas de pedra
Mas vida só pra uma destinada a Arapiá
Querubim Tapixi guardava a deusa para ele
Que sonhava conhecer a natureza.

Então ele fugiu da serra buscando emoções
E se encantou com a mãe dos peixe, Numiá
Por ela Arapiá sentiu paixão
E quatro filhos Numiá gerou
Verão, calor e luz, outono muita fartura
Inverno, beleza fria, primavera, cores e flores
Para enfeitar o paraíso
Mas eclodiu a luta entre os dois amantes
Pelo poder universal
Vovô Maira interferiu na luta e atirou os dois pro ar
Pra lá no céu jamais poderem se envolver
Arapiá, Guaraci bola de fogo e Numiá a Jaci bola de prata
E fez dos quatro netos governantes magistrais
Surgindo assim as estações do ano

A minha estação preferida é a das flores, cantada pela Filhos do Deserto anos atrás, com ricas rimas:

Olhai a natureza nas campinas, esse Brasil de flores mil, esta beleza tão divina que enfeita um fabuloso jardim.
Olhai os lírios nos campos, o cintilar dos pirilampos e o bailado das flores em fantasias multicores
Tudo isso que estás vendo faz a gente viver feliz
É a natureza oferecendo um grande presente ao nosso país.
Pétalas soltas pelo chão sob um pé de flamboaiã
Um aroma que é sedução a perfumar o raiar da manhã
Manacás, hortênsias, violetas, cravos, malmequeres, bogaris
Onde um bando de borboleta faz os seus charivari
Primavera em flor
Em alta madruga

um lindo sonho de amor
Nos braços da minha amada.

Oxalá no próximo Carnaval tenhamos ao menos um samba com essa categoria.
Amigos, Feliz Primavera!

Samba de despedida

  Hoje começa o horário de verão nas regiões Sul, Sudeste, Centro-Oeste. A novidade foi a inclusão do Estado de Tocantins, mas houve controvérsia no Estado da Bahia que, desta vez, não aderiu ao avanço de uma hora. Ainda estamos na primavera, certamente uma das estações mais belas do ano, a das flores e cores. Inicia-se em 23 de setembro e termina a 21 de dezembro. Gosto muito deste período porque os dias são mais longos, podem ser bem calorosos, mas sempre agradáveis. Aqui no Rio a praia é garantida porque raramente chove e as escolas de samba vão ensaiar nas ruas. Faltam pouco mais de três meses para o Carnaval, pois os desfiles oficiais começam no dia 8 de fevereiro. Os "hinos" já foram escolhidos e as agremiações já estão intensificando os seus preparativos para o bom desenvolvimento dos enredos. O tema da Unidos de Vila Isabel é "A Vila Canta o Brasil Celeiro do Mundo- Água no Feijão Que Chegou Mais Um":

O galo cantou/ Com os passarinhos no esplendor da manhã/ Agradeço a Deus por ver que o dia raiou/ O sino da igrejinha vem anunciar/ Preparo o café/ Pego a viola parceira de fé/ Caminho da roça, semear o grão/ Saciar a fome com a plantação/ É a lida/ Arar e cultivar o solo/ Ver brotar o velho sonho/ De alimentar o mundo e bem viver/ A emoção vai florescer/ O muié o cumpadi chegou/ Puxa um banco e vem prosear/ Bota água no feijão/ Já tem lenha no fogão/ Traz o bolo de fubá/ Pinga o suor na enxada/ A terra é abençoada/ Preciso investir/ Conhecer/ Progredir, partilhar/ Proteger/ Cai a tarde acendo a luz do lampião/ A lua se ajeita/ Enfeita a procissão/ De noite/ Vai ter cantoria/ E está chegando o povo do samba/ É a Vila/ Chão da poesia/ Celeiro de bamba/ Vila chão de poesia, celeiro de bamba/ Festa no arraiá/ É pra lá de bom/ Ao som do fole eu e você/ A vila vem plantar/ E vem também colher/ Felicidade no amanhecer.

Como está claro no samba, vamos cantar a agricultura, o trabalho no campo, a vida da roça... Eu me sinto totalmente integrado ao enredo, pois sou filho de trabalhador rural. *O meu pai era colono/ E meeiro muito bom/ Calangueava noite inteira/ Não perdia verso não.* A Vila do bairro de Noel encerrará os desfiles do Grupo Especial na madrugada do dia 12 de fevereiro e eu estarei no Sambódromo comemorando meus 75 carnavais, sambando e cantando o meu samba, feito em parceria com os talentosos André Diniz, Leonel, Tunico da Vila e Arlindo Cruz. Estou felicíssimo com a vitória, vibrei como um principiante, mas chega. Já disse que será a minha despedida das disputas como compositor, palavra de sambista de escola. Sempre que ganhamos ou perdemos dizemos que não vamos mais concorrer e nem mesmo desfilar, mas na hora agá...

Outubro, mês das Marias

O Dia das Crianças, dedicado à petizada pobre é 27 de setembro, quando muita gente dá doces aos petizes como se estivesse ofertando aos santos Cosme e Damião. O mês de Maria é maio (Viva N. S. de Fátima!), mas deveria ser outubro, porque é o das senhoras: do Rosário, de Nazaré e da Penha.

Na umbanda e no candomblé, 12 de outubro é dia de Oxum e, no catolicismo, é de N. S. Aparecida.

A melhor lembrança que tenho da infância é a de uma romaria a Aparecida, de trem, com muita animação religiosa. Rezávamos o Pai-Nosso, a Ave-Maria, a Salve Rainha e o Credo, de maneira ritmada. Também cantávamos alegremente os cânticos sacros. Foi a minha primeira saída do Rio.

Tenho bem nítida na mente a chegada ao santuário onde milhares de pessoas cantavam para N. S. Aparecida o Hino da Virgem de Fátima: *A treze de maio/ Na cova da Iria/ No céu aparece/ A Virgem Maria.* Só muito depois eu entendi que a imagem preta da brasileira é a mesma da alva portuguesa. A de lá apareceu para os meninos pastores (Joaquim, Jacinta e Lúcia) e a nossa surgiu para um pescador desconhecido. Um sonho meu é voltar àquela basílica num dia 12 de outubro e cantar: *Viva Mãe de Deus e Nossa/ Sem pecado concebida/ Viva a Virgem maculada/ A Senhora Aparecida.*

Tenho os meus guias espirituais assentados, mas sou católico, embora não muito praticante. Pratico mais na

Semana Santa. Sempre que possível, passo em Duas Barras o Domingo de Ramos, dia em que se relembra a entrada triunfal de Jesus em Jerusalém, montado no seu jumento, e fico lá até o Domingo da Ressurreição. Para a missa de Ramos, costuma-se levar uma folha de coqueiro ou de bambu para ser benta na igreja de N. S. da Conceição, padroeira da minha cidade e também da Bahia, onde é Iemanjá. Acredita-se que a casa que tiver um ramo bento estará livre de assombrações e não será atingida por raios.

Nas quintas-feiras santas, tem via sacra, os santos são cobertos de roxo e assim permanecem até o Sábado de Aleluia, período de jejuns, mas eu só faço abstinência de carnes vermelhas. O Sábado de Aleluia era um dia muito alegre, com bonecos de pano pendurados em postes para a malhação do Judas pelas crianças. Não sei qual prefeito mandou acabar com a brincadeira, argumentando que a malhação era um estimulante para os espíritos vingativos, porque simulava um linchamento. É... pode ser, mas..

Dia do compositor

O ofício de compositor é uma profissão que demorou a ser reconhecida. Quando se fala em composição, pensa-se logo nos criadores de poesias e músicas, populares ou eruditas, mas existe o compositor gráfico, também das letras, e que merece homenagens, mas eu dedico esta crônica ao saudoso Osório Lima.

Foi autor do primeiro samba-enredo da Beija-Flor, *O Caçador de Esmeraldas*, e depois transferiu-se para o Império Serrano, onde fez o emocionante samba de terreiro *Deus da Música*, que também gravei no disco *Batuqueiro*, de 1986:

Nas teclas de um piano quero ouvir tocando ao som de violino
O poema divino que aqui termino sem falar de amor
E entre mil confrades talvez me consagre bom compositor
Minhas células a pensar
O momento é inspirável tenho que aproveitar
Das mais lindas notas musicai eu quero ser autor
As mais ricas rimas de mim se aproximam
Oh! Deus da música! Ajudai-me a compor

Conheci o talentoso Osório por intermédio do Cabana, outro mestre do samba, fundador e principal compositor da escola de Nilópolis, de quem registrei muitos sambas, dentre os quais o intrigante *O Preço da Traição*, gravado no mesmo LP: *Onde eu cheguei/ Com outro alguém em meus braços/ Ela chegou também/ Nos braços de outro alguém/ Foi o momento pior que eu tive na vida/ Nunca pensei em passar por tal situação/ Tive vontade de reagir mas não pude/ Perdi toda atitude/ E direi a razão/ Ela estava errada e eu também/ Eu não tinha o direito/ De lhe chamar atenção/ Daquele momento em diante eu senti bastante/ Ódio de mim mesmo/ Perdi a calma/ Senti vontade de destruir até a minha alma/ E cheguei à conclusão/ Que estava pagando/ Com a mesma moeda/ O preço da traição/ Aqui na terra se faz aqui mesmo se paga/ Aqui a gente pragueja e sofre também/ Os efeitos da praga/ Estou confuso sem saber que atitude vou tomar/ O que faria você em meu lugar?*

Este samba deu origem a um outro do Osório, *A Carne é Fraca*, que eu considero uma obra prima, cantado no fonograma Coração de Malandro, editado no ano seguinte:

Eu não quero essa mulher, não quero
Mas qualquer coisa me obriga a ir lhe procurar
Eu não sei se foram os seus beijos
Esses malditos desejos a me atormentar
Para esquecê-la me esforço, mas não posso
Sua silhueta é uma sedução
Vivo com seu nome na imaginação
A carne é fraca, tentação, é desumana
Um mau destino me indicou esta mundana
E um anjo bom me diz
Esta mulher vai lhe jogar na lama".

Osório Lima tinha pouca instrução escolar e era devoto de N. S. da Penha. Ave Maria!

Ancestralidade musical

Toda música das Américas, dançante ou não, tem origem no continente africano. Os *spirituals*, o *gospel*, o *rap* e até o *rock*, americanos do norte, são originalmente negros como o samba. Da mesma forma, a contagiante música ligeira cubana, o *funk*, o *reggae*, o calipso e todos os sons das Antilhas, incluindo as canções dolentes. Acredito que o semba angolano, que deu origem à palavra "samba", é parente distante do principal ritmo do Brasil, mas é irmão mais velhos dos sons da América Central.

Nós, brasileiros, somos privilegiados pela natureza, temos muito do que nos orgulhar, e um dos motivos de orgulho é a ancestralidade musical. Há virtuosíssimos músicos profissionais pretos, brancos, mulatos, cafuzos... É uma profissão muito bonita, a de músico, um ofício nobre e prazeroso. Quando um grupo de músicos se reúne para tocar, é como uma reunião de gente educada, na qual todos falam sem preconceitos e não há atropelos. Quando bons músicos tocam, há uma harmonia, não só de sons, mas também no comportamento dos executantes. A disciplina é um fator importante. A profissão é muito abrangente, e qualquer pessoa que tiver algum talento e vocação pode ser músico. Poderão ser percussionistas coadjuvantes ou solistas; vocalistas, cantores, compositores... Os que tiverem chance e estudarem muito, se quiserem, um dia poderão fazer parte de uma banda musical. Os mais dotados, com vontade firme e muito esforço, têm possibilidade de tornar-se músico clássico. Podem até ser um maestro regente e arranjador de grandes orquestras sinfônicas, escrever para instrumentos e vozes humanas, mas para ser maestro pleno faz-se necessária muita abnegação... E leva muitos e muitos anos, cerca de vinte, mais ou menos.

Tem de conhecer bem todos os aparelhos sonoros e, particularmente, o piano, o instrumento mais completo. Para ser um bom pianista, no mínimo são necessários dez anos de estudos diários. O caminho mais prático é o da música popular, mas, até para tocar nas bandas que fazem bailes e acompanham artistas, é necessário estudar as cifras, dominar bem o seu instrumento. É verdade que há os autodidatas, os gênios, mas aí é um caso muito especial. Todas as pessoas deveriam ter acesso ao estudo da música e se dedicar, mesmo sem objetivos profissionais. Agora oficialmente, 17 de outubro é o Dia da Música Popular Brasileira.

A profissão de artista é uma das mais instáveis, mas o músico completo dificilmente fica desempregado. Entretanto, quem quiser abraçar o nobre ofício terá de ser perseverante e exercitar-se todos os dias. Como já falei, qualquer um pode ser músico profissional porque diz o dito popular: "Querer é poder". A música faz bem à alma de quem ouve e propicia grande satisfação a quem toca. Viva o músico!

O príncipe do samba que era rei

Nos anos 1950, época áurea dos cantores de rádio, Francisco Alves, Orlando Silva, Nelson Gonçalves, Cauby Peixoto, Jorge Veiga, Jorge Goulart... eu era adolescente e gostava de ouvi-los, mas a voz que mais me agradava era a do Roberto Silva, que atingiu o máximo da carreira em 1958, com o LP *Descendo o Morro*, interpretando com grande categoria as músicas: *Indecisão, Risoleta, Juracy, A mulher do seu Oscar, Seu Libório, Agora é Cinza, Pisei no Despacho, Ai que Saudades da Amélia, Falsa baiana, Emília, Bebida Mulher Orgia e A Voz do Morro*. Entretanto, o samba que eu mais gostava de cantarolar era *Normélia*, sucesso de melodia simples e letra idem:

Eu ando quase louco de saudade/ É grande a minha amizade/ É bem triste o meu viver/ Normélia, vem matar minha saudade/ Peço-te por caridade/ Que amenizes o meu sofrer/ Eu não condenei o teu ciúmes/ Gosto do teu perfume/ Quero sempre te adorar/ Volta, lembra-te daquele dia/ Perante Santa Maria/ Prometeste não me deixar.

Foi lançada no LP *Descendo o Morro nº 2* e quase todas essas músicas eu sabia de cor. Anos depois eu fui à gravadora Copacabana Discos e deparei-me com o Roberto Silva na sala de espera para falar com o diretor artístico Ismael Correia. Tive vontade de abraçá-lo ou, no mínimo, apertar-lhe a mão, o que todos os fãs devem fazer ao encontrar com seus ídolos, mas eu não tive coragem. Apenas abri-lhe um tímido sorriso e acenei com um leve toque de cabeça, e o astro correspondeu simpaticamente. A secretária pediu que eu esperasse um pouquinho, anunciou o Roberto Silva e quando ele saiu eu fui chamado.

O motivo da minha visita à Copacabana era para assinar a edição do partido alto *Ninguém Conhece Ninguém*, a ser gravado pelo Trio ABC da Portela, formado por Noca, Picolino e Colombo. A minha primeira música editada foi *Menina-Moça*, registrada com o meu nome completo, Martinho José Ferreira.

O produtor Ismael Correia sugeriu que eu colocasse Martinho da Vila, o nome artístico que eu passei a usar. Durante a conversa, Seu Ismael me disse que o Roberto Silva me reconheceu, o que me deixou vaidoso. Falou também que ia produzir um novo álbum do cantor e que ele ia gravar o samba *Tom Maior*, o que me fez sentir realizado como compositor. Que boa notícia! Fiquei num estado de felicidade estonteante e ainda mais feliz ao ouvir sua interpretação de outra minha criação, *Fim de Reinado*.

O reinado do Príncipe do Samba durou muitas décadas e terminou no domingo passado, aos 92 anos. Que Deus o tenha!

Uma boa ideia para imortalizar o grande Roberto é produzir um CD com um cantor novo ou uma jovem cantora, reunindo sucessos do repertório dele e colocar uma ou duas faixas bônus com sambas criados por consagrados compositores de sambas de enredo, tendo a vida musical do Príncipe do Samba como tema. Quem fizer isso, além de prestar um grande serviço à memória musical, vai se dar bem artisticamente. Palavra de sambista.

Que Bello!

Subi a serra de Friburgo para ensaiar com a Banda Sinfônica Campesina pois tínhamos um show no Teatro Municipal Friburguense. Foi um espetáculo sensibilizante, ficamos todos emocionados: eu, o maestro Marcos Almeida, o Carlos Magno, os músicos e a plateia, as pessoas presentes, visto que foi o que se chama de ensaio aberto.

Não posso deixar de dizer que a banda é fantástica. Depois de ensaiar, fui para a minha roça, que fica na região:

Nos arredores, Cantagalo, Teresópolis...
Nova Friburgo e Bom Jardim, bem no caminho
Meu off Rio tem um clima de montanha
E os bons ares vêm da Serra de Petrópolis.

Agora, atravessando colinas sem me perder na floresta, mudo o rumo da crônica, versando sobre como é bom ler e reler. Sempre que cabe falo disso e volto agora ao assunto por causa do Hermínio Bello de Carvalho.

Já li quase todos os livros dele e recentemente fiz uma dinâmica no Áporo Itabirano, que é uma troca de correspondências entre os dois poetas. Lá na minha roça, vasculhando uma estante, dei de cara com a segunda edição do livro *Cartas Cariocas*, do parceiro Hermínio Bello, lançado pela Edições Folha Seca, com um desenho do Oscar Niemeyer na capa e peguei-o com a intenção de reler.

Aí descobri que não o tinha lido. Que bobo eu! Estava perdendo uma obra interessantíssima.

Me recuperei começando pela introdução do Rodrigo Ferrari e não perdi mais nenhuma palavra. Li com prazer a apresentação do querido Sérgio Cabral (pai) para a primeira edição. O que mais me impressionou foi a forma inusitada da escrita. O poeta se corresponde com o modernista Mário de Andrade, um amigo que não conheceu em vida.

Dá pra entender?

Eu conhecia o Andrade paulista só superficialmente e tornei-me parceiro dele porque musiquei o seu poema dramático, A Serra do Rola Moça (*LP Coração Malandro*, 1987) uma ode chocante e bela como uma boa ópera. Como a temática era interiorana, concebi a criação em ritmo de calango, manifestação popular do sul de Minas e norte do Estado do Rio.

Sou grato ao parceiro Hermínio que, sem intenção preconcebida, me influenciou a escrever o livro homônimo da poesia do Mário, publicado pela ZFM Editora. Assim como Machado de Assis e Antônio Francisco Lisboa, o Aleijadinho, Mário de Andrade era um mestiço que por muito tempo foi embranquecido pela mídia, até que uma foto sua (ou não?) enegrecida, provocou uma discussão em jornais de São Paulo, não pela negação da negritude do Mário, mas pela autenticidade da foto. Valeu a polêmica.

Água no feijão
que chegou mais um

Os trabalhadores do campo, com suor e amor à terra, colocam o Brasil entre os principais países agrícolas do mundo e maior produtor de alimentos do planeta. Mas não é só trabalho na vida do homem do campo. Aos acordes da viola cantam e dançam com o som da sanfona, divertem-se nas festas da padroeira, com procissões e ladainhas. A nossa escola de samba, a Unidos de Vila Isabel, vai homenagear o agricultor com o enredo *A Vila Canta o Brasil, Celeiro do Mundo*. O subtítulo "Água No Feijão que Chegou Mais Um", sugerido pela carnavalesca Rosa Magalhães, tem o objetivo de exaltar a hospitalidade do povo do interior. A culinária da roça estará em destaque no desfile, tanto as do Norte como as do Sul, e vai ser de dar água na boca.

Tenho certeza de que faremos um desfile diferente e moderno, com o patrocínio da Basf, mas não haverá propaganda de nenhum produto. Lendo a minuciosa pesquisa feita pelo Alex Varela e pensando na elaboração do tema, lembrei da minha origem: *O meu pai era colono e meeiro muito bom. Calangueava noite inteira, não perdia verso, não. Mãe Tereza, rezadeira, fez por mim muita oração...* e lembrei-me de uma conversa do pai Josué com o tio Bertoldo, algum tempo depois de terem saído de Duas Barras para o Rio de Janeiro.

O pai e o tio estavam saudosos e falavam, intercalando os parágrafos do texto que segue:

Acordava sob o canto dos passarinhos, ia para o trabalho vendo a aurora raiar e respirava um ar puro, bem fresquinho, quando o astro rei estava a brilhar.
Vinha a noite, a escuridão fazia medo, mas a lua parecia nascer mais cedo.
Dormia sobre uma fina esteira, aquecido pelo fulgor da lareira.
Tinha dias de grandes festas nas fazendas e propriedades pequenas. Participavam de alegres serestas, sadios rapazes e belas morenas.
Dançava-se ao som da sanfona enfeitada, do pandeiro e da viola afinada.
Era uma vida de qualidade e com muita tranquilidade, bem diferente da agitação das grandes cidades.

Há muitos anos a Portela encenou uma Festa Junina, em fevereiro, com um belo samba de Candeia e Waldir 59:

A fazenda alegre ficou/ Quando se anunciou/ O casamento da filha/ De Antônio João Pedro Santana/ Conhecido Coroné Carreteiro/ Com a filha do afamado José Fagueiro/ Que verdadeira maravilha/ Em noite de fevereiro/ Todos dançando a quadrilha/ A festança está tão bela/ Com as sinhazinhas tão exuberantes/ E o cura inaugurando a nova capela/ Que ficou ainda bem mais bela/ Ao receber o fulgor da fogueira trepidante.

Isto foi há mais de meio século e neste tempo todo, sempre que penso em enredos, sonho com a Vila fazendo uma festa do interior em pleno Carnaval; agora vou realizar este sonho, com emoção particular, porque, com muita honra, sou filho de lavradores. Como diz a meninada, vai dar bom.

Gregos e troianos

A Copa do Mundo bate à nossa porta. Milhares de pessoas virão para o Brasil. Um batalhão de fotógrafos e jornalistas estão de malas prontas para registrar a festa final no Rio, mas por aqui só pensamos nas Olimpíadas. Foi feito um lindo clipe, no qual eu representei Zeus, o Deus Olímpico, sonorizado com a muito boa música do Arlindo Cruz, Arlindinho e Rogê, *Os Deuses do Olimpo Visitam o Rio de Janeiro*:

Os grandes Deuses do Olimpo chegaram na nossa cidade/ E o Rio continua lindo, um Panteão de verdade/ Apolo adorou o som, o pôr do sol/ E a tarde Poseidon olhou o mar e disse: é isso é que é felicidade!/ Ficaram na roda de samba até clarear/ Ficaram até de perna bamba de tanto sambar/ Ficaram na roda de samba até clarear/ Ficaram até de perna bamba de tanto sambar/ Ô, ô, ô, ô! Os Deuses do Olimpo chegaram na nossa cidade/ Ficaram até de perna bamba de tanto sambar/ O Hermes Mensageiro falou pro pessoal/ Que o Rio de Janeiro é sempre Carnaval/ Até o Dionísio saiu na Bateria/ Afrodite era a Rainha da folia/ E Hera se encantou com a lua do Arpoador/ Atenas se encantou com a vista lá do Redentor/ Ô, ô, ô, ô! O Rio de Janeiro continua lindo/ Todo mundo sambando, todo mundo curtindo. Alô Vila Isabel!/ Ô, ô, ô, ô!/ Rainha da folia, Afrodite! Ô, ô, ô, ô! / Hércules falou "Povão Trabalhador"/ Ártemis na floresta se enche de amor/ Éfeso disse a Haras: "O Rio é de paz!"/ E todos responderam: "O Rio é demais!"/ Zeus mandou dizer que os jogos estão pra chegar.

Soube que em uma igreja protestante uma pastora fez uma crítica à música e ao clipe porque foram baseados na mitologia grega e não na *Bíblia*. Certamente a tal evangélica não sabe que os jogos olímpicos são de origem grega, e está perdoada. Alguns sambistas protestaram porque no clipe só aparecem a Vila e a Portela. Protesto impensado, pois não daria para enfocar todas as escolas do Rio, que são mais de 50.

Botafoguenses e tricolores também se manifestaram irritados porque só aparecem as camisas do Vasco e do Flamengo. Aloooooô!!! Se fossem feitas alusões a todos os clubes de futebol do nosso município, teríamos que colocar também Bangu, Olaria, Madureira, Bonsucesso e os da segunda divisão, incluindo América e São Cristóvão.

Há também quem ache que deveria ser usada como fundo musical das premiações nos pódios a marcha carnavalesca *Cidade Maravilhosa* ou uma outra música já conhecida, mas prefiro o samba do clipe, muito mais adequado. Ouçam e vejam com mais atenção, minha gente! No final vai agradar a gregos e troianos.

Nelson Sargento

O Sargento Ferreira e o seu superior, Sargento Mattos, são compositores. Por ocasião da gravação do CD *Do Brasil e Do Mundo* — o que se considera subalterno porque no Exército antiguidade é posto — ganhou do outro uma melodia de samba e, ao ouvir, exclamou: "Que música linda". Aí criou uma letra um tanto contundente e batizou de *Nossos Contrastes*, nada parecida com poesias de samba. Um tanto inseguro, mostrou ao mestre e este, para sua alegria, abriu um largo sorriso de satisfação ao ouvir:

Concerto de cordas, ópera chocante/ Araponga, grilo, rouxinol cantante/ Tuba, bombardino/ Fagote, oboé/ Na madrugada uma forte batucada/ Hip hop e Reggae/ Seresta e Axé/ Barata que voa, borboleta azul/ Canta o garnisé, late o Pit Bull/ Triste acalanto de manhã/ Silvo de serpente, coaxar de rã/ Com sorriso de mulher/ Uma brisa leve, uma ventania/ Nuvem turbulenta, vaga em calmaria/ Dinheiro no banco, esmola na mão/ Zuela, mantra, penitência e oração/ Corpo bronzeado, sol no lajeado/ Fosco firmamento, céu em tom anil/ Rock Heavy Metal, samba de raiz/ Fogo de Morteiro, bala de fuzil/ Riqueza opulente, pobreza indecente/ Mesmo assim eu amo meu país.

Lazão e Bino, componentes do Grupo Cidade Negra, ouviram a criação dos sargentos e o Toni Garrido, solista da banda, disse que a melodia era dolente como um *reggae* e sugeriu uma fusão dos dois ritmos. Dito e feito, o produtor Mazzola vibrou e eu, mais ainda. Aí, tensos, chamamos o velho Sargento para dar o seu aval. Os olhos do sambista tradicional brilharam ao ouvir a sua música fundida ao *reggae*. Bateu palmas e todos nos abraçamos. Glórias ao grande Nelson Sargento, poeta, escritor, artista plástico!...

E autor de um dos mais lindos sambas de enredo da Mangueira, o antológico

Quatro Estações do Ano: Brilha no céu o astro-rei com fulguração/ Abrasando a terra, anunciando o verão/ Outono, estação singela e pura, é a pujança da natura dando frutos em profusão/ Inverno, chuva, geada e garoa/ Molhando a terra preciosa e tão boa/ Desponta a primavera triunfal!/ São as estações do ano num desfile magistral/ A primavera, matizada e viçosa pontilhada de amores/ Engalanada, majestosa.../ Desabrocham as flores nos campos, nos jardins e nos quintais/ A primavera é a estação dos vegetais/ Oh! primavera adorada, inspiradora de amores!/ Oh! primavera idolatrada!... Sublime estação das flores.

A expressão mais famosa do Nelson é *Samba... Agoniza mas não morre. Alguém sempre lhe socorre* e a que eu mais gosto é: *O nosso amor é tão bonito... Ela finge que me ama e eu finjo que acredito.*

Continências, Mestre.

Confesso que bebi

Ao ter a notícia de que o amigo Sérgio Magalhães Gomes Jaguaribe parou de beber, tive vontade de, em solidariedade a ele, parar também. Pensei seriamente, mas mudei de ideia ao falar com a minha cabeça: "Pô! Não é justo. O Jaguar nasceu antes de mim e começou primeiro. E eu ainda tenho de desvantagem os dois anos em que, por maluquice, fiquei abstêmio". O cara bebeu muito mais que eu. Só no tempo do *Pasquim* (que ele fundou com o Sérgio Cabral e o Tarso de Castro) o *scotch* que consumia por semana dava para encher uma tina daquelas que os mocinhos usavam para se banhar nos filmes de faroeste americano; e as cervejas que ele bebeu poderiam encher uma piscina olímpica. Quem quiser comprovar o que digo, leia o seu livro *Confesso que bebi*, que eu confesso que não li, antes. Havia apenas feito só uma leitura dinâmica e só agora percorri o livro devagar. Aí entendi por que o Cabral encerrou o prefácio com a frase "Que delícia!".

É mesmo uma obra deliciosa e divertida. Nas entrelinhas há muitas informações sobre a cidade dos cariocas, cuja maior declaração de amor foi feita pelo vascaíno Sérgio (pai), em uma palestra: "A minha carioquice é tão grande que até torço pelo Flamengo quando ele joga com qualquer time de outra cidade". Conversando com Léo Christiano sobre a situação do Jaguar, o Léo me lembrou de que o cartunista morou em Vila Isabel, bebeu até no meu botequim e escreveu: "Pra quem já enfrentou e superou tantos desafios, acho natural que o Martinho José Ferreira (...) seja autor de uma façanha aparentemente impossível: abrir um boteco carioca para malandro nenhum botar defeito, dentro de um *shopping*. Só vendo — e bebendo — para crer. Parece um lance de filme de ficção científica: a gente sai do corredor de um *shopping*, igual a qualquer outro do mundo — nesta merda de globalização todos se parecem, seja em Paris, Londres ou Caracas — e entra em outra dimensão, um boteco onde Nelson Cavaquinho e o próprio Noel, padroeiro de Vila Isabel, se sentiriam em casa, ou melhor, no bar da esquina".

Em seguida o mestre dos botecos, das charges e das crônicas que escreve aqui neste nosso jornal aos sábados, descreveu o Butiquim do Martinho nos seus mínimos detalhes e dissertou sobre os petiscos, a cachaça, o chope, a música... Terminou o relato no seu livro de confissão afirmando: "A coisa rola sabe-se lá até que horas e a fina flor do samba comparece para assinar ponto. Beth Carvalho, a madrinha-mor do samba; Noca; Luiz Carlos, que é também da Vila; Nelson Sargento; Walter Alfaiate; a rapaziada e, evidentemente, o dono".

Valeu Jaguaribe!

O Butiquim do Martinho chegou a ser catalogado como um dos melhores bares do Rio, já fazia parte da identidade da Vila do Perna, mas, infelizmente, tive de fechar. Também parei de frequentar outros e diminuí o consumo de álcool. Quando atingir a sua idade, meu bom Jaguar, serei solidário com você.

Crônica dos motoristas

Conversando com amigos fazendeiros que reclamavam sobre a falta de mão de obra especializada em cuidar de cavalos de raça, vacas leiteiras e da ausência de capatazes eficientes, falou-se que estava difícil até encontrar bons trabalhadores de enxada para limpar pasto, plantar e colher. Alguém lembrou que no passado os empregados gostavam de ver o sucesso dos patrões e que hoje agem como inimigos. Em outra ocasião, anterior a esta, em conversa com antigos comunistas radicais (que já nem há mais) pregava-se que não há patrão amigo de empregado e que todos os operários deviam se conscientizar disso. Eu nunca tive muitos empregados e tive bem poucos patrões, só boas patroas quando fui empregadinho doméstico, e todas me tratavam muito bem. Creio que é por causa das minhas patroas que eu lido cordialmente com quem colabora comigo de carteira assinada.

Fiz amizade com todos e não há um que não seja meu amigo. Sempre que preciso de alguém que já trabalhou para mim, sou atendido de pronto. Alguns vão e voltam. Eu tinha um motorista chamado Mário [já está de volta outra vez] que saiu e retornou várias vezes. Um outro, de nome John Wayne, isto mesmo, John Wayne, também partiu e regressou várias vezes. Eu gostava do John não só porque era boa praça, mas por ser um bom companheiro e parceiro de canastra, ou melhor, de buraco. Dificilmente eu ganhava dele e este era o meu desafio. Outro dia ele ligou para mim todo feliz porque está dirigindo os novos ônibus expressos BRT, no percurso Campo Grande-Barra da Tijuca. Tive, também, o Charles e o Edilson, bons parceiros.

Agora estou com um grande problema. O último motorista, o Clayton, evangélico que ainda vai ser o pastor Clayton Fernandes, com muito jeito disse que ia me deixar porque aparecera uma boa oportunidade de ganhar mais e progredir. Fiquei feliz por ele, gosto de ver pessoas avançarem na vida, mas agora estou com um grande problema: estava muito acostumado com a solicitude, a honestidade e a educação dele. Quase diariamente disputávamos uma partida de tranca e a minha média era ganhar uma partida em cinco, levando alguns capotes, ocasiões em que, sem ser ofensivo, ele me gozava. O neguinho é muito inteligente, me dava vareio no xadrez, mas era porque tinha muita sorte nas disputas. Na fazenda, sempre que íamos pescar no lago, ele fisgava o primeiro peixe e gritava: "Seu Martinho! Um a zero eu. Hoje vai ser de goleada! Goleada não, peixada!". No dia seguinte à separação, minha filha Alegria falou meio triste: "Pai! Já estou com saudades do Clayton".

Seja feliz, amigo! Tenha boa sorte e que seus sonhos se realizem. Quando quiser bater uma partidinha de tranca ou queimar a cuca no tabuleiro, apareça. Se resolver voltar, as portas estarão abertas.

Tá bom, mas tá faltando

Talvez, por causa da minha origem favelada, eu sinta uma grande atração pelas favelas, e andava muito por elas, principalmente onde eu tinha famílias amigas, bem familiares. O pessoal do Careca na Serrinha; os do Almir Guineto, no Salgueiro; a casa da D. Zica, na Mangueira; a do Sinval Silva, na Formiga; os parentes na Boca do Mato... Gostava mais de ir à noite, porque a miséria é menos aparente e olhando de cima tudo é lindo.

Como é bom trafegar pela Avenida das Américas em direção a São Conrado e visualizar a Rocinha pontilhada de luzes como um céu estrelado!

O meu morro preferido é o Dos Macacos, em Vila Isabel, onde muita gente subiu comigo, inclusive artistas como Clara Nunes, Roberto Ribeiro, João Nogueira, Dicró...

A Beth Carvalho tem bons amigos lá, particularmente o Paulinho da Aba e o Trambique, que viajaram muito com ela. Ha duas coisas que eu não deixava de fazer ao voltar de uma viagem longa: parar no Petisco da Vila, tomar um chope e depois ir beber uma cerveja na Tendinha do Pingo, lá no Terreirinho. Deixei de ir lá em cima porque o clima ficou tenso. Antes não se via uma arma e depois todo mundo andava armado. Na última vez que subi o Pau da Bandeira o Maíco, um amigo meu que já morreu, me disse: "Ferreira, é melhor você descer porque tudo indica que o bicho vai pegar". Nunca mais fui lá. Um dia o Aécio Neves, que passou quase uma noite inteira no morro comigo, ao vir ao Rio me ligou dizendo que queria subir de novo. Eu fiquei sem ação. Não queria falar a realidade, mas tive que dizer que a onda por lá estava pesada e era melhor esperar a maré baixar.

O papo deu samba:

Quando essa onda passar vou te levar nas favelas para que vejas do alto como a Cidade é bela. Vamos à Boca do Mato, meu saudoso Pretos Forros. Quando essa onda passar vou te levar bem nos morros. Não sei onde vamos primeiro, Formiga, Borel ou Salgueiro? Quando essa onda passar sei que vou lá na Mangueira pegar o Mané do Cavaco e levar pra uma roda de samba no meu Morro dos Macacos. É bom zuelar nas umbandas lá do Vidigal e os candomblés no Turano. Um funk, um forró ou calango no Andaraí, Tuiuti ou Rocinha. Ver os fogos de fim de ano da porta de uma tendinha e depois vamos dançar um jongo num terreiro da Serrinha.

No final do samba, um recado:

Alô rapaziada da Cachoeira, Cachoeirinha! A maior atração turística do Rio de Janeiro no futuro será o passeio pelos morros. Vamos fazer um tour pelo Jacarezinho, Acaú, Encontro... E que tal uma jura de amor no morro do Juramento?

A onda passou, eu fui conferir, o morro está tranquilo, mas esperava encontrar um posto médico, uma Defensoria Pública, Juizado de Pequenas Causas, creches, escolas... Entretanto só vi polícia.

Alô Zé Catimba!
É bom assim

Estou com saudades do parceiro Zé Catimba, pai do Inácio Rios, também músico e compositor. É muito bom conversar com o Catimba sobre qualquer assunto. Ele tem umas tiradas incríveis, como por exemplo: "A raiva faz mal só para o raivoso e a inveja pro invejoso". Certa vez, encontramos um cara que sabíamos ser um típico "olho grande" e saímos cantando:

Cuidado com a inveja, ela ainda te mata/ Inês já é morta e Marta morreu/ Cuidado com a porta, ela ainda se fecha/ Pra quem tem a pecha de ser um plebeu/ Vê se larga eu/ A raiva só faz mal pra quem tá com raiva/ E o teu olho grande pode te cegar/ Se queres secar, vá secar pimenteira/ Pra tua pimenta ficar devagar.

O poeta Geraldo Carneiro, numa conversa informal, me disse que a inveja é que nem o colesterol. Há o bom (HDL) e o mau (LDL) e um tem relação com o outro. Segundo o Geraldinho, uma boa inveja tem o sentido de admiração, quando alguém diz com pureza d'alma: "Como eu invejo o fulano! Ele é tão talentoso, inteligente... E como está bonito!"

Outro bom exemplo é o de um jogador de futebol novo que foi convocado para a seleção junto com um craque antigo que é o seu ídolo. E, mesmo estando na reserva e com muita vontade de jogar, vibra como um simples torcedor quando o titular faz uma grande jogada ou marca um gol. Mas há os que têm inveja ruim, aquela de desejar estar no lugar do invejado, esperando que ele sofra uma contusão. Outro mau exemplo é o do coroa barrigudo que olha para o jovem sarado em companhia de uma gata linda, se entristece ao vê-los se beijando e, sarcástico, comenta com um amigo: "A meninada de hoje é muito diferente da rapaziada da nossa geração. Andam de braços dados e dormem uns nas casas dos outros, o que não acontecia antigamente. Um pai não deixava uma filha menor de idade ou um filho adolescente dormir em casa de colegas. Os jovens de hoje são muito liberais e desprovidos de ciúmes. Na fase inicial de um relacionamento há meninas que têm dois ficantes e vice-versa. Pode rolar até uma pegada com penetração entre colegas, mas ao se encontrarem em outro dia, portam-se como se nada houvesse acontecido entre eles".

Antigamente não era assim. Ao receber convite para pegar um cineminha, a moça já sabia que não era só para ver o filme. No apagar das luzes começavam as carícias, e a partir daí a relação já estava estabelecida. Podiam não se considerar compromissados, mas a camaradagem nunca mais era a mesma. Nos tempos atuais, os pais acreditam que rapazes e moças podem ser simplesmente amigos. E realmente são. Dividem tudo, até a mesma cama, sem grilos. É bom assim.

Copacabana...
Que beleza!

Estou namorando a Barra da Tijuca. Meu coração é de Vila Isabel, mas não posso negar que sinto uma forte atração por Copacabana, o nosso bairro mais carioca, mais democrático, miscigenado. Nele não se sentem os contrastes, mas é onde se encontram os nossos hotéis mais sofisticados, outros bem simples e o mais tradicionalmente chique, o Copacabana Palace.

Em se tratando de gastronomia, a Mariu's é a churrascaria mais top e o restaurante mais badalado é o La Fiorentina. Há uns simples, onde se come bem por poucos reais, e os agradáveis, onde se pode almoçar olhando para o mar. É bom caminhar pelo famoso calçadão, com gente de todo tipo, assim como transitar na feirinha popular sem comprar nada, mas ali se encontra quase de tudo. Maitê Proença, a grande atriz minha amiga copacabanense, confessou-me que alguns eventos a incomodam, mas não reclama porque tudo de bom acontece em Copacabana: passeatas, grandes shows, campeonatos de vôlei de praia, de futebol de areia... É onde se realiza o maior *Réveillon* do planeta, com o mais belo espetáculo pirotécnico visto sempre por mais de dois milhões de pessoas alegremente aglomeradas. Copacabana é a praia mais famosa do planeta, espaço livre da Cidade Maravilhosa. Não é só nossa, é de todo mundo, agora oficialmente, porque o Rio é Patrimônio da Humanidade. Assim como na elegante Cote

D'Azur francesa, quem quiser se banhar em Saint-Tropez ou Cannes tem de pagar uma taxa, em Copa os turistas deveriam comprar ingresso para colocar os pés na fina areia e mergulhar nas águas da "Princesinha do Mar", ao lado das "suas sereias, sempre sorrindo".

Braguinha, o João de Barro da Vila, fez uma ode em forma de samba que é uma declaração de amor a Copacabana:

Existem praias tão lindas, cheias de luz/ Nenhuma tem o encanto que tu possuis/ Tuas areias, teu céu tão lindo, tuas sereias, sempre sorrindo/ Copacabana princesinha do mar/ Pelas manhãs tu és a vida a cantar/ E à tardinha o sol poente deixa sempre uma saudade na gente/ Copacabana, o mar eterno cantor, ao te beijar, ficou perdido de amor/ E hoje vive a murmurar/ Só a ti, Copacabana, eu hei de amar.

Oscar Niemeyer tinha ponto fixo na Av. Atlântica e outros nomes importantes lá habitam. Pessoas de menos posse residem em mínimas quitinetes e não as trocam por uma residência maior em outro bairro por causa da vista privilegiada.

Quem mora em Copacabana adora e muitos que não residem lá também amam, como os 45 mil que me emocionaram no show dos seus 120 anos. Que beleza!

Estrelas cadentes

Leio diariamente as crônicas dos colegas daqui do nosso *O Dia*. Dou atenção especial às da Leda Nagle e do Jaguar, amigos mais próximos, mas não deixo de ler o que escreve o Fernando Molica e me divirto com o bem-humorado Milton Cunha. Leio também cronistas de outros jornais. Recentemente, li o artigo "Eu Sou Leonel", escrito pela deputada Juliana Brizola, n'*O Globo*, e bateu uma baita saudade do gaúcho que por duas vezes foi governador dos fluminenses.

O Brizola sentia-se carioca, sem perder a gauchice, e a neta Juliana, de parceria com Rejane Guerra, escreveu um livro sobre ele.

Conversando com o baixista Ivan Machado, o violonista Cláudio Jorge falou que o amado e odiado político, se tivesse sido eleito Presidente da República, o Brasil seria outro. É... Pode ser. Ivan, que foi brizolista ferrenho, lembrou-me de que o Briza tinha a educação como base de governo. Acabei concordando com ele e comentei que, nas minhas andanças pelo interior do Rio, fico triste quando, abandonado, vejo um Centro Integrado de Educação Pública (CIEP) e me pergunto: "Será por quê?"

Eu mesmo respondo: "É que a quase totalidade dos novos eleitos para o Poder Executivo não quer dar continuidade a nenhuma obra do anterior, mesmo que seja boa para a população que o elegeu".

Melhor deixar a política de lado e seguir com o assunto inicial. Li a crônica da coleguinha Karla Rondon Prado, que gosta de "Ouvir o Silêncio", nunca viu uma estrela cadente e numa crônica versou sobre o "Céu Aberto". Um vizinho meu, bibarrense, o Marcello Engenheiro, também leu, e nós passamos um bom tempo proseando sobre as estrelas que se veem no Mirante Vale Encantado. Diz a crendice popular que faz bem à cabeça contar estrelas, porém sem apontá-las porque aparecem verrugas no dedo indicador.

Oi, Karla! Dou-lhe a minha palavra de sambista que, se você avistar uma estrela cadente e fizer um pedido, certamente será agraciada. Entretanto, se o risco incandescente que vez por outra se vê traçando o firmamento não for estrela, é um meteorito. Às vezes, cai por terra, e o maior que caiu no Brasil chama-se Bendengó. Foi encontrado no sertão da Bahia e está aqui no Rio, na Quinta da Boa Vista, São Cristóvão. Alô, minha gente! Um bom programa para as férias é dar um pulinho no Jardim Zoológico, se divertir com macacos pulando e, antes, entrar no Museu Nacional, ver o Bendengó e imaginar uma "estrela cadente".

Graças a Deus!

Em conversas com o Alceu Maia "que não tem adversário com seu cavaco na mão", falamos das nossas andanças pelos Brasis e outros países de outros continentes, África inclusive, e fizemos a música *Pandeiro e Cavaquinho*:

Eu vou pra ali, eu vou pra lá, vou pra acolá, com pandeiro e cavaquinho sempre a me acompanhar. Eu vou sorrindo, vou transando, vou vivendo... Trabalhando vou levando, ninguém sabe como eu vou. Eu vou deixando todo mundo me levar, desde que seja pro lugar que eu quero ir. Eu vou me embora desta vida não sei quando. Mesmo quando estou cantando ninguém sabe como estou. Vida de artista é tão instável... Hotel, estrada e avião, mas é do povo que vem a minha energia e é pra ele que eu me dou de coração. O sofrimento desse povo me atormenta, mas sofrendo eu vou cantando porque é minha missão.

Viajar é bom, mas caminhar demais é se arriscar muito e o artista de sucesso não para. É avião grande, pequeno, *boeing*, jatinho, bimotores, helicópteros... e não é só pelos ares, também nos mares. Há apresentações em ilha que só é possível ir de barco e não dá para dispensar shows em transatlânticos. E em terra?! Carrões, carrinhos, vans, micro-ônibus, ônibus de luxo... Tudo isso sem conhecer o motorista que nos conduz durante o dia, à noite, com chuva, com sol, no calor ou no frio. O perigo é constante porque, com exceção do Estado de São Paulo, as nossas estradas não são boas. As do Norte e interior do país são péssimas, as do Nordeste nem se fala e as rodovias aqui no Rio e em Minas Gerais, quase todas com mão dupla. Nestes meus 45 anos de carreira recebi muitas notícias de colegas que sucumbiram em acidentes, todos de madrugada, depois de apresentações. No domingo passado, tomei um susto tremendo, a ponto de me tremer todo. Retornando de Volta Redonda com a Maíra e a Juliana no meu carro conduzido pelo motorista Clayton, recebi um telefonema informando que a Mart'nália sofrera um grave acidente. Ela fora fazer um show em Minas e na volta, de madrugada, houve uma colisão entre um carro e o ônibus da banda musical, onde estavam as vocalistas Analimar, minha filha, e a neta Dandara. Tinália, que ainda não aprendeu a ser estrela e gosta de viajar com os músicos, também estava no ônibus. Felizmente só alguns se machucaram, mas sem gravidade e a Tina apenas torceu um pulso que já estava aberto, sem quebrar. Mas é uma estrela e já está em Londres. Exclamei: Graças a Deus!

Estava comemorando porque minha gente saiu toda incólume e só depois, ao ser informado sobre detalhes do acidente, é que soube que o motorista, que estava sem o cinto de segurança, com o impacto da batida em outro veículo, foi jogado para fora do ônibus e morreu. Fiquei triste, depressivo mesmo. Que Deus tenha piedade da sua alma e que N. S. das Dores console os seus familiares. Amém!

Crônica de São João

Diz uma lenda que as primas Isabel e Maria estavam grávidas e combinaram de acender uma fogueira nos seus quintais quando dessem à luz seus filhos, João e Jesus. Como é sabido, o Nazareno morreu na cruz; João foi decapitado. Segundo o "livro dos livros", Herodíade odiava o Batista porque ele sabia que ela era adúltera. Por isso mandou a filha pedir a Herodes para matá-lo, mas não está muito claro. Eu entendi que Herodíade, mulher volúvel, quis deitar-se com João e ele a recusou. Aí ela ofereceu-lhe a filha Salomé, mas a bela não conseguiu atraí-lo. Salomé, que a todos seduzia, enfeitiçou Herodes com sua dança e o rei prometeu fazer qualquer coisa que quisesse. Então, ela pediu a cabeça de João Batista numa bandeja de prata e assim foi feito.

Contei a lenda de São João para o João Nogueira na primeira parte de um samba, em homenagem ao Poeta Drummond, para o LP Rosa do Povo:

Ô João, ô João!/ Seu xará batizou Cristo, Cristo batizou João/ Lá no Rio de Jordão... lá no Rio de Jordão/ Se João também soubesse quando em junho é seu dia/ Viria do céu pra Terra todo cheio de alegria/ Soltando foguetes João, fazendo festejos/ E tanta fogueira, que queimava o mundo/ Diz a lenda que queimava o mundo/ Por falar em mundo João, como vai o mundo?/ Esse nosso mundo que é de todo mundo/ Anda João, vamos João, diga João, fala!

O pai do Diogo me respondeu cantando:

Não tá mole não, José, esse mundo louco/ A televisão mostra sempre um pouco/ Bala de canhão e bomba de troco/ Bem pertinho irmão, lá do Rio Jordão/ Mas a salvação José, é nossa Rosa do Povo/ Que dá ao povão horizonte novo/ Jogo de Barão é Rosa do Povo/ O nosso sambão é Rosa do Povo/ Esse seu sorriso José, é Rosa do Povo/ O Vasco x Mengão é Rosa do Povo/ Rosa do violão, é Rosa do Povo.

Por fim, rolou um diálogo ritmado:
— *Então que seria João, do povo sem rosa?*
— *É... Nem haveria José, essa nossa prosa.*
— *É José, é João, é Drummond, é paixão*
— *É o irmão, é o amor, linda flor em botão".*

Mudando de pato pra ganso, vamos para a crendice popular. Dizem que hoje, Dia de São João, fogo não queima quem for devoto do santo e que, por volta da meia-noite, os que desejam ser compadres ou comadres e não têm filhos a batizar, podem realizar o compadrio cruzando uma fogueira. À meia-noite, descalços, atravessam o braseiro e ao saírem bradam:
— São João Batizou Cristo!
— Cristo batizou João!

E os devotos se declaram compadres. Viva São João!

Dicas para o feriadão

A partir de quarta-feira, ou melhor, de terça à noite, teremos praticamente um feriadão com a nossa cidade tumultuada, cheia de gringos. E vocês, meus leitores, que não têm carro, a boa pedida para fugir do trânsito é botar os pés na estrada, ou melhor, o traseiro no ônibus, subir pra Região Serrana e curtir um friozinho gostoso em contato com a natureza. Pegue a namorada, a ficante, uma amiga ou uma simples colega e convide para "uma aventura colorida" na Serra. Também pode ser um amigo. As três Serras são interessantes, o problema é escolher. Então, escreva os nomes delas num papel e brinque de "minha mãe mandou bater nesta daqui". Se cair Petrópolis ou Teresópolis, rume para o centro da cidade, pergunte onde há uma pousada simples, hospede-se e vá descobrir o que fazer, ou pegue informações no centro turístico.

No caso de Friburgo, tenho boas dicas: na descida da serra está Muri, um lugarzinho bucólico, onde é fácil se hospedar e que tem uns restaurantezinhos ótimos. Compre umas garrafas de vinho no supermercado, para tomar à noite, sempre fresca.

No dia seguinte, dê um passeio pelo centro de Friburgo, almoce na Pousada Dona Mariquinha, o melhor restaurante de comida caseira da região. Comer tarde é melhor porque não haverá necessidade de jantar. O lance é tomar um café colonial em Muri e dormir a sono solto com a barriguinha quente. É difícil, mas tente passar uns dias sem televisão e sem celular. Se não conseguir, ao menos evite os noticiários. Não leve *laptop* e não ligue para ninguém nem mande mensagens telefônicas, o que também é difícil. Hoje em dia o celular é um vício. Bom também é não ler jornais, só revistas de cultura inútil. O melhor que pode fazer é obrigar-se a ler um livro durante a viagem, mas nada de literatura muito séria. De preferência obra infanto-juvenil descontraída. Recomendo o *Fala Sério, Pai!* e o *Fala Sério, Mãe!*, são divertidíssimos e bons para serem lidos em voz alta, em conjunto, cada um lendo um capítulo.

Sexta-feira saia da pousada depois do meio-dia e vá para Duas Barras, mas antes pare em Bom Jardim e almoce por lá. Na entrada da minha cidade, pare no Mirante Encantado, abrace-me em bronze e tire fotos. Hospede-se na Pousada da Vovó Tetê, coma um bacalhau à Martinho da Vila, feito pelo Marquinho, que usa a receita do falecido Everardo, o rei do bacalhau. No sábado, se o sol brilhar, vá banhar-se na Queda do Tadeu, deliciosa cachoeira. Não deixe de visitar Monerat, simpático distrito bibarrense. Os meus conterrâneos de lá são encantadores.

No domingo você vai querer aproveitar o máximo, mas não é aconselhável. Pegue o caminho de volta antes do entardecer. Este será o melhor feriadão da sua vida.

Vamos namorar, minha gente!

O dia 13 [de junho] é dedicado a Santo Antônio. Ainda tenho bem vivo na lembrança um Bendito, canto religioso entoado em ladainhas caseiras na Boca do Mato:

Bendito e louvado seja
Santo nome de Antônio
Quem de Deus tem a valia
Está livre do demônio.

O Bendito de Santo Antônio narrava que o padre casamenteiro se preparava para oficiar um matrimônio em Pádua e soube que seu pai fora acusado, injustamente, de cometer um homicídio, e iria ser enforcado. Ajoelhado no altar, o frade rezou e pediu que os fiéis orassem por ele, pois teria de ir cumprir a missão em Lisboa. No mesmo instante ele teria aparecido em Portugal e, diante de várias pessoas, ordenou:

Se levanta homem morto
Pelo Deus que te criou
Vem contar sua verdade
Vem dizer quem te matou.

O homem ressuscitou, levantou-se e respondeu:

Este homem que aqui está
Não foi o que me matou
Por ser um homem de bem
Sempre me aconselhou.

Com o pai inocentado, Santo Antônio teria retornado para oficiar o casamento na Itália.

Essa história deu origem à expressão "tirar o pai da forca".

O Dia de Santo Antônio também é Dia dos Namorados. Vamos namorar, minha gente! Mesmo que seja com a antiga esposa ou o velho marido, não importa. Eu estou na "terceira idade" e ainda namoro a minha Preta.

Santo Antônio é italiano, padroeiro de Pádua, onde morreu, mas é português, patrono de Lisboa, onde nasceu. Eu prefiro dizer que o casamenteiro que ajuda a encontrar objetos perdidos, como São Longuinho, na verdade é de Santo Antônio de Pádua, cidade do nosso Estado do Rio, onde se encontram boas moças para se casar. Mesmo as mais namoradeiras se tornam boas esposas. Dizem que o homem que fizer uma maria-preta e soltar no dia de Santo Antônio, não ficará solteiro. Maria-preta é um balão que se faz com folhas de jornal, juntando as quatro pontas. Ao ser queimado, o artefato pode subir como um balão, mas já apagado. Diz a crendice popular que quem escrever um pedido de casamento num papel com o nome da pessoa amada e colocar dentro da maria-preta, num dia 13 de junho, acender e ela sair do chão, é sinal de que Santo Antônio vai atender ao pedido. Dizem também que se a mulher que comprar 13 pãezinhos e der para 13 meninos de rua no dia 13 de junho arranjará um bom casamento.

Há muitas outras simpatias, mas nada de castigar a imagem do santo, viu?! Os meus conterrâneos são encantadores.

Vontade de voar

Junho, mês dos baloeiros. Vai haver exposição de balões sem fogo no Cachambi; certamente será bonito. São verdadeiras obras de arte, e a prática é permitida, mas para mandar os balões para o ar depende-se das condições climáticas e da autorização do Corpo de Bombeiros. E há outras exigências. Nos anos 1950, eu estava em plena adolescência e, no mês de Santo Antônio, São João e São Pedro, o céu carioca, à noite e de dia, era mais bonito, por causa dos coloridos balões, muitos. Diariamente eram os charutos que subiam em zigue-zague, os caixas-quadrados, os peões-serenos, os estrelas... Estes os mais lindos e difíceis de fazer. À noite não dava para saber o formato, mas, em sua maioria, eram do tipo tangerina, mais fáceis de ser confeccionados e que subiam sem balançar as lanterninhas que os enfeitavam.

Nós, os moleques, vivíamos olhando para o alto, preparados com varas de bambu e prontos para correr e pegar. Eu gostava de fazê-los, soltá-los, pegá-los.

Nunca tive notícia de nenhum grande incêndio provocado pelos luminosos. Os menores em sua maioria caíam apagados, e os maiores sumiam nas nuvens, onde eram destruídos pelos acúmulos de partículas de vapor d'água, cristalizados. Todos eram feitos de papel fino.

Depois surgiram grupos de baloeiros que passaram a usar outro material e soltavam balões gigantescos e perigosos, proibidos por lei. Agora não se pode soltar nem o pequenino e inofensivo balão japonês.

Eu não tirava os olhos do firmamento e só ia pra cama quando minha mãe ordenava. Custava a dormir. Fechava os olhos e ficava imaginando coisas... E via pontinhos coloridos na escuridão. Aí sonhava com perigosos balões pegando fogo, incendiando florestas, o que era pesadelo, não devaneio. Certa vez eu sonhei que um grandalhão subiu e caiu logo após ser solto. Então eu o peguei e a boca era tão grande que tive de abrir muito os braços para segurá-la e, quando agarrei, o ladino tomou novo impulso e eu subi agarrado nele. Foi lindo, não me apavorei. Do alto eu via os carros em movimento nas ruas, os rios, as florestas...

Eu era menino e tinha vontade de voar, atingir as nuvens, o que já fiz muito de avião de quase todos os tipos — grandes, pequenos, Boeings, jatinhos, monomotores... De helicóptero pairei sobre savanas angolanas vendo animais correndo entre a vegetação. Também, tranquilamente, já vi de cima as cataratas de Foz do Iguaçu, mas, não sei por que, fiquei de pernas bambas sobrevoando a cidade de São Paulo e não tremi ao pular de parapente, de uma serra em Duas Barras. Só me falta voar em um balão de gás dirigível. É um sonho.

Viva Sérgio Cabral, o pai!

Hoje é o dia do Sérgio Cabral, o pai. Tenho de pedir desculpas a ele porque estava sem assunto para escrever esta crônica, comentei com a Rejane Guerra, minha eficiente assessora de imprensa, e ela me disse: "Poxa, Martinho! Escreve sobre o nosso Cabral. Por coincidência, o domingo 27 de maio (hoje) é aniversário dele". Quase morri de vergonha, pois não lembrava, e o Sérgio não se esquece do meu natalício.

Me desculpe, amigo! Perdão, mas aqui vai a minha palavra de sambista: o grande vascaíno é meu irmão, porque a Dona Regina, mãe dele, gosta de mim como um filho, e a minha o adorava. Mama Tereza dizia: "Martinho, nunca se afaste daquele homem bom! Agora todos gostam de você, graças a Deus, mas, quando muita gente falava mal, ele publicamente te defendia". E é pura verdade. O Flávio Cavalcante metia a boca em mim, quebrava meu disco. A gloriosa turma do *Pasquim*, com raras exceções, me gozava papeando no Antonio's Bar ou me pichava na boate Flag. Só o Cabral me exaltava.

No dia em que eu nasci para a música profissional, em São Paulo, no 3º Festival da MPB da TV Record, ele foi o único a dar nota dez, em letra e música, para a minha *Menina-Moça*, que estava debutando e neste ano continua jovem. Depois, este nosso importante jornalista me levou para o Grupo Opinião e para o Casa Grande, onde eu fiz o meu primeiro show individual em teatro. Graças a ele também fui o primeiríssimo sambista a fazer um espetáculo no extinto Canecão.

Valeu, meu diretor!

Por nascença, o Sérgio Cabral é portelense, mas escreveu a letra dos *Meninos da Mangueira*. Poderia ser também imperiano, mas quem vibra ou sofre com a escola do Silas de Oliveira é a esposa Magali, que em muitos carnavais desfilou de baiana na Unidos de Vila Isabel. Ô, Maga! Que legal você! Sempre que quiser, uma fantasia estará ao seu dispor.

Quem gosta de samba e quer entender do assunto, tem de ler o clássico *Escolas de Samba do Rio de Janeiro*, relançado recentemente pela editora Lazuli. Além de grande escritor e genial produtor cultural, o Sérgio também é bom compositor, e eu gravei duas músicas dele em parceria com o Rildo Hora. Uma, *Andando de Banda*, tem a maior palavra colocada em música brasileira:

E ontem deu no jornal
Que a cachaça aumentou
Tiraram o bosque de lá
Um prédio se levantou
Agora o sonho acabou
O som ficou devagar
A voz do Ciro calou
E a banda não vai tocar
A dor do mundo me bate, rebate

E foi só em mim que ela achou de doer
Inconstitucionalissimamente
Você foi embora sem quê nem porquê
E me coloco andando de banda
Curtindo uma fossa, pagando pra ver
Só você me daria a dica da vida
Sem grilo pra me socorrer
Nega... Quero dengo pra mim
Só você me daria a dica da vida
Pra me socorrer

A outra, também poeticamente rica, foi *Visgo de Jaca*:

Já caçou bem-te-vi
Insistiu no sofrê
É o diabo
Gaiolou curió
E calou o mainá
É o diabo

Segurou com o visgo da jaca
Cambaxirra, coleiro cantor
Tal e qual me prendeu a morena dendê
No amor...
São Francisco, amigo da mata
Justiceiro, viveiro quebrou
Mas não viu que a morena
maltrata e me faz sofredor

Minha terra tem sapê, arueira
Onde canta o sabiá

E a morena quer me ver na poeira
E sem asa pra voar

Esta voltou ao sucesso na voz da talentosa Céu.
Viva o Sérgio Cabral! Parabéns pelo maridão, Magali!

Viva o Espírito Santo!

Vitória, Rodovia do Sol, Vila Velha, moqueca de camarão no restaurante do amigo Evandro Carvalho, Barra do Jucu, recanto mágico. Se alguém chegar lá e quiser ir ao restaurante do Evandro, ninguém saberá informar, mas se perguntar onde fica o bar do Brega, todos sabem. O Brega é pai da atleta Neimara, que conheci na adolescência. Ela foi pentacampeã de *bodyboard* e é uma das capixabas, como a psicóloga-poetisa Viviane Mosé e atriz-poeta Elisa Lucinda, amigas de espíritos soltos.

Com o objetivo de colher cantigas folclóricas para gravar o disco *O Canto das Lavadeiras*, fui com a Viviane conhecer o Velho Honório, mestre da Banda de Congo da Barra do Jucu. Lá ouvi muitos congos. Ente os que mais me encantaram há um que diz:

Moça bonita, ô moça bonita!
Chega na janela! Chega na Janela
Ela me namora, ela me namora
Eu namoro ela, eu namoro ela

Um outro que fala:

Solta o cabelo, deixa a trança balançar
Paciência coração
A sorte é só Deus quem dá

Também um muito alegre:

Cabelo louro
Vai lá em casa passear
Vai, vai cabelo louro
Pra acabar de me matar

Depois ouvi um canto triste:

Madalena
Você é meu bem querer
Eu vou falar pra todo muno
Que eu só quero é você

De início achei apenas diferente, mas quando ele foi incrementado com os tambores eu fiquei empolgado. No meio da roda uma jovem branca dançava bonito como as pretas velhas e a poeira subindo no terreiro. Perguntei ao Seu Honório se foi ele que inventou a cantoria e se a lourinha que dançava era a musa. O mestre me disse que ela era a Lena e não a Madalena, que ninguém conhece. Uns falam que era da Serra, outros de Goiabeira, Santa Marta, Cariacica... Por aqui dizem que era uma mulher bonita e bem casada, que gostava de tambor de congo e acabou se apaixonando por um cantador. Também nunca soube quem inventou a toada.

Creio ser uma lenda.

O congo é cantado em todas as bandas e de diversas maneiras. Daí adaptei ao meu jeito, com toque de samba.

Criei os versos da mãe (*Minha mãe não quer que eu vá na casa do meu amor*), do pai (*O meu pai não quer que eu case, mas me quer namorador*) e o terceiro rimando Grajaú, bairro onde eu morava, com Barra do Jucu (*Eu fui lá pra Vila Velha, direto do Grajaú*) e este é um dos maiores sucessos da minha carreira. Em consequência as bandas de congos ganharam força e eu fui condecorado com o título de Cidadão Capixaba. A lenda da Madalena está contada no documentário *Procurando Madalena*, produzido pela Lena Cogo e magistralmente dirigido pelo Ricardo Sá.

Gosto de ir à Barra do Jucu e matar um pouco da saudade do Brega, da Neimara, da Lena e da Banda da Barra, que tocou e cantou pra mim. Ao receber o título honorário foi lido um bilhete: "A Banda do Jucu sempre foi familiar e eu, Ester Vieira, nos meus 81 anos, estou extremamente agradecida pela divulgação que você prestou à nossa banda. O meu muito obrigada". Meus olhos marejaram.

Nossa Senhora
e os pretos velhos

Um dia histórico — Abolição da Escravatura no Brasil. Há respeitáveis militantes do movimento negro que são contra os festejos, mas, na minha opinião, é um bom motivo para festa. A assinatura da Lei Áurea pela Princesa Isabel, apesar dos pesares, deve ser comemorada, como fez a Escola de Samba Unidos de Lucas em 1968:

Ó sublime pergaminho!
Libertação geral
A princesa chorou ao receber
A rosa de ouro papal
Uma chuva de flores cobriu o salão
E o negro jornalista
De joelhos beijou a sua mão
Uma voz na varanda do paço ecoou
Meu Deus, meu Deus!
Está extinta a escravidão

É um dia importantíssimo para os umbandistas que cantam e dançam para os Pretos Velhos, orixás da ancestralidade:

Tava durumindo
Cangoma me chamô
Levanta nêgo

Cativeiro já cabo

Grande Clementina!
YôyôoYôyôoo
No terreiro de Preto Velho Iaiá
Vamos sarava
A quem meu pai?
Xangô!

Também é data de suma importância para os católicos, pois se reverencia N. S. de Fátima, padroeira de Portugal. Em qualquer dia do mês de maio há milhares de fiéis do mundo inteiro no Santuário de Fátima, erguido onde a Virgem fez a sua primeira aparição para os meninos pastores, Francisco, Lúcia e Jacinta.

A 13 de maio
Na Cova da Iria
No céu aparece
A Virgem Maria

Para completar as emoções, também é o Dias das Mães. Viva a minha Pretinha Cléo, mulher-mamãe! Salve a mana Elza que me deu o sobrinho José Darci!

Axé para as filhas-mães Analimar e Juliana! Saudações às sobrinhas genitoras! Não dá para citar nominalmente porque, incluindo as de segundo e terceiro graus, são muitas. Para todas as minhas amigas que são mães, eu canto:
Parabéns pra vocês

Nesta data querida
Muitas felicidades
Muitos anos de vida

Além de tudo, foi num 13 de Maio que a Clediomar Liscano virou Cléo Ferreira:

Ó meu pãozinho de açúcar
Quero ser seu Corcovado
Sua Barra da Tijuca

Para fechar com chave de ouro, comemoramos a data em Vargem Grande, na festa de casamento do parceiro Arlindo Cruz com a sua mulher Babi, mãe do Arlindinho e da Flora. Vamos cantar minha gente, como cantaram Norival Reis e Cabana:

É samba, é batuque, é reza
É dança, é ladainha
Negro joga capoeira e faz louvação à rainha
Hoje negro é terra, negro é vida
Na mutação do tempo
Desfilando na Avenida
Negro é sensacional
É toda a festa de um povo
É dono do Carnaval.

Por que será? será por quê?

Aconteceu um importantíssimo evento cultural na Academia Brasileira de Letras. Quem fez acontecer foi o ator Milton Gonçalves, com ajuda de abnegados amigos. Refiro-me ao Seminário Inserção e Realidade em sua quinta edição do Festival de Música, Dança e Cultura Afro-brasileira. Não pude acompanhar tudo, mas participei de uma conferência sobre o africanismo na música popular do Brasil.

Normalmente, as palestras que são ministradas na Casa de Machado de Assis são prestigiadas por membros da Academia, mas não se viu nenhum na plateia. Por que será?

Junto com a cantora Elza Soares, o professor Spirito Santo e o doutor Samuel Araújo, intermediados pelo Milton Gonçalves, falamos, de pleno acordo, que quase toda a música das Américas tem origem no continente africano. Os *spirituals*, o *blues*, o *gospel*, o *rap* e até o *rock*, americanos do norte, são essencialmente negros. Comentamos sobre sambas e sembas e dissemos que o ritmo angolano é parente próximo do seu quase xará do Brasil, o samba, mas é mais novo, pois o nosso ritmo nasceu na primeira década de 1900 e o angolano, por volta de 1950, quando um grupo musical chamado N´gola Ritmos, liderado pelo compositor Liceu Vieira Dias, o Pixinguinha deles, incluiu instrumentos de sopro, guitarra e teclados na música de lá.

O semba é irmão mais velho dos sons da América Central. Há muitos indícios de que foi dos sembas que surgiram as salsas centro-americanas e daí o carimbó do norte brasileiro. Também foi dito que a música do Rio Grande do Sul recebeu influência da África, que é a mãe da música popular brasileira em geral. Há um forte traço de união musical entre Brasil e Angola, mas o curioso é que cantar um samba em ritmo de semba não dá muito certo. Entretanto pode-se fazer o contrário, como foi exemplificado.

No final franqueamos a palavra para o público. Muitas colocações foram feitas, registrou-se que foi de grande importância a realização do seminário na ABL, mas frisou-se a ausência total de acadêmicos, na plateia, nos três dias do seminário e uma pergunta ficou no ar: Será por quê?

Apesar de as palestras serem realizadas em horário impróprio, das 10h às 11h30, o evento foi um sucesso. Se fosse à tarde...

Valeu, Milton! Conte comigo, sempre.

Viva São Jorge!
Saravá Ogum!

O Dia 23 de Abril é sagrado para os católicos, candomblecistas e umbandistas. Muitos dos religiosos que vão assistir à missa em Igreja do Santo Guerreiro vão também a terreiros espíritas, no mesmo dia.

A oração de São Jorge, embora seja da igreja católica, tem forte conotação espírita, como se pode ouvir, no Youtube, na gravação feita pelo Pedro Bial e na versão criada por Marquinhos PQD e Claudemir, com adaptação de uns versos escritos pelo Jorge Benjor, na voz do Zeca Pagodinho:

Eu sou descendente Zulu. Sou um soldado de Ogum, um devoto dessa imensa legião de Jorges. Eu, sincretizado na fé, sou carregado de axé e protegido por um cavaleiro nobre. Sim, vou na igreja festejar meu protetor e agradecer por eu ser mais um vencedor nas lutas, nas batalhas. Sim, vou no terreiro pra bater o meu tambor. Bato cabeça, firmo ponto, sim, senhor. Eu canto pra Ogum, um guerreiro valente que cuida da gente que sofre demais. Ele vem de Aruanda, ele vence demanda de gente que faz. Cavaleiro do céu, escudeiro fiel, mensageiro da paz. Ele nunca balança, ele pega na lança, ele mata o dragão. É quem dá confiança pra uma criança virar um leão. É um mar de esperança que traz a bonança pro meu coração. Deus adiante, paz e guia. Recomendo-me a Deus e a Virgem Maria, minha mãe. Com os 12 apóstolos meus irmãos andarei neste dia e nesta noite, com meu corpo cercado, vigiado e protegido pelas armas de Jorge. São Jorge sentou praça na cavalaria e estou feliz porque também sou da sua companhia. Eu estou vestido com as roupas e as armas de Jorge para que meus inimigos tendo pés não me alcancem; tendo mãos não me peguem nem me toquem; tendo olhos não me enxerguem e nem pensamento eles possam ter para me fazer mal. Armas de fogo o meu corpo não alcançarão. Facas e lanças se quebrem sem o meu corpo tocar. Cordas e correntes se arrebentem sem o meu corpo amarrar, pois eu estou vestido com as roupas e as armas de Jorge da Capadócia e com a falange do Espírito Santo.

Viva São Jorge!.

Quando se fala em sincretismo, as cabeças viajam de regresso ao tempo da escravidão no Brasil. Diz a história que os escravos impedidos de praticar suas crenças, nos dias santos cantavam como se estivessem festejando o santo do dia dos senhores. Assim, no dia de São Jerônimo, cantava-se para Xangô, no de São Lázaro para Obaluaê... Iemanjá é Nossa Senhora da Conceição e a mãe da mãe de Jesus, Sant'Ana, é venerada como Nanã Buruku, a mais antiga das divindades das águas.

Há pequenas diferenças regionais no sincretismo. Como tudo começou não se sabe, mas eu creio que, com a venda de escravos para outras fazendas, a tática foi passada de boca a boca, como até hoje são passados os segredos das religiões africanas. Mas, como explicar o sincretismo quase igual numa cidade do Sul ou do Centro-Oeste com outras do Norte ou do Nordeste do nosso Brasil tão grande? E a enorme semelhança do nosso candomblé com o cubano?

É um mistério.

Crônica das almas benditas

Almas santas são de pessoas que cumpriram bem as suas missões aqui na Terra, sem cometer muitos pecados. Não passam pelo Purgatório, vão diretas pro Céu. Pode-se ter fé nas almas santas porque elas são ouvidas por Deus e podem interceder por nós, os terráqueos, segundo a crença.

Não gosto de falar de mortos, mas no mês que passou eu perdi três amigos — Chico, Millôr e Walter. Também uma intérprete, Ademilde Fonseca, que gravou o *Choro chorão*:

Sim
Estou chorando neste choro bem chorado
Um chorinho apaixonado
Como é meu machucado coração
Se estou zangado eu não choro
Mimado sou chorozinho
Emocionado sou chorão
Você só chora se desprezada
Depreciada
Na despedida
E eu só choro pela vitória
Pala beleza e quando estou feliz da vida.

A rainha do Chorinho morreu poucos dias depois de fazer o que mais gostava -cantar. E aos 91 anos, subitamente, como é sonho meu e de muitos, que é, depois de viver bastante, cerrar os olhos para sempre, sem sofrimentos.

O genial Chico Anysio, que eu conheci no início da minha carreira e me deu uns toques sobre expressão corporal e postura no palco, não teve a mesma sorte, pois penou um bom bocado. Além de todas as suas virtudes, Chico era também compositor. Gravei um samba dele em parceria com a Sarah Benchimol. O grande Chico deixou sua imagem comigo na gravação do DVD *Conexões*, com a sua música *Como Você*:

Para você eu fui feito
Como você para mim foi feitinha
Fui feito bem do seu jeito
Como você nasceu pra ser minha
Como você não há
Como você não tem
Como você, cadê?
Como você, ninguém.

Quanto ao filósofo Millôr Fernandes, eu o conheci na quadra da Vila Isabel ao apresentar o samba-enredo *Iaiá do Cais Dourado*; ele dizia se orgulhar de ter influenciado o júri que me laureou. Ficamos amigos de admiração mútua. Sempre que ia a um show meu, exigia que eu cantasse *Disritmia*, sua música predileta. A última vez que estivemos juntos foi no palco do extinto Canecão. Millôr também partiu antes do tempo que merecia e, assim como o Chico, depois de um imerecido sofrimento.

Pouco antes da subida dos dois gênios e da maviosa Ademilde, perdi um colega de farda, Walter Gonçalves, amigo que pretendia reencontrar em Campos dos Goytacazes, onde fiz uma palestra sobre música, mas o Walter não me esperou subiu. Ademilde, Chico, Millôr e Walter são almas santas e benditas.

Andanças e festanças

Estou sempre em festa. Quarenta e cinco anos de carreira foi motivo para festejar e vibrar como os novatos, mas para isso tive de agir como um principiante. O artista novo não perde a oportunidade de uma viagem e faz um show depois do outro. Então, falei dos meus propósitos com a Lídia, minha empresária, e ela organizou uma turnê pelo interior de São Paulo. Daí peguei uma ponte aérea para a capital paulista e, no dia seguinte, fiz um show na cidade de Santos que não é interiorana e, sim, praiana. De lá, peguei a estrada. Não deu para levar o Kiko Horta, o Victor Neto, a Paulinha Sorriso, nem o Marcelinho Moreira, mas fui com quase toda a minha família musical — Antônio Antunes (luz), Luiz T. Reis (som), Celso Filho e Fernando Santana (produção), Paulinho Black (bateria), Cláudio Jorge (violão), Ivan Machado (baixo) e Wanderson Martins do cavaquinho. Também três das minhas crias — Tunico na percussão, Juliana no vocal e Maíra no piano. Depois de percorrer cerca de 250km no mesmo dia, subimos no palco do Sesc em São Carlos e atuamos em São José do Rio Preto. De lá, direto para Araraquara, e no Domingo de Ramos, cantamos em Bauru.

Só então fiquei de folga na segunda-feira. Ia almoçar em Bauru mas aceitei o convite do Renato, meu companheiro de pescarias no Pantanal Mato-grossense, para um almoço na casa dele. Foi uma tarde maravilhosa, ou melhor, saborosa, porque saboreamos os melhores peixes amazônicos tomando caipirinha de pitanga, jabuticaba e outras frutas silvestres. Eu passei a maior parte do tempo de papo com o Cláudio Amantini, relembrando nossas pescas no Porto Esperança do Rio Paraguai, Mato Grosso do Sul, e no piscoso Kuluene, na cabeceira do Rio Xingu.

Então segui para Presidente Prudente. Tinha de participar de uma coletiva com jornalistas que, na verdade, foi uma palestra. Lá recebi a Maristela Coimbra, assessora de imprensa do Instituto do Coração, em companhia do Dr. Carlos Eduardo Rosso e da psicóloga Andrea Barroso, que me convidaram para apadrinhar o projeto "Canta, Canta Minha Gente", cujo objetivo é confortar e encorajar pacientes que vão ser submetidos a cirurgias cardiológicas.

Devagarinho, mas não muito devagar, rodamos quase 2000km de rodovias e fizemos seis espetáculos em oito dias, na boa. O romance *Travessia Por Imagem*, do meu compadre angolano Manuel Rui, foi meu companheiro. Missão cumprida, voltamos para o nosso Rio de Janeiro.

Que feliz Páscoa! Presenteei pessoas queridas com ovos que trouxe na bagagem.

A Páscoa é mais importante que o Natal. Simboliza o Renascimento.

Saudades do Donga

No próximo 5 de abril seria aniversário do compositor Ernesto Joaquim Maria dos Santos, o Donga, que eu conheci em um convívio musical na casa da sua filha, Lígia Santos.

No primeiro encontro, eu, tomado de emoção por estar de frente para um dos precursores do samba, fiquei de voz embargada, não cantei e quase nem falei. E o genial músico queria me ouvir.

As reuniões musicais da casa da Lígia na Rua dos Artistas, que aconteciam vez ou outra, passaram a ser permanentes nos fins de semana, e eu estava muito presente.

Eu e o Donga ficamos amigos. Ouvi muitas histórias e cantei para ele, acompanhado pela sua viola de raros ponteios, muito apreciados pelo Maestro Villa Lobos. Através do Donga, conheci o João da Baiana e o Pixinguinha. Aí ouvi pela primeira vez o samba *Patrão Prenda Seu Gado*, parceria dos três, que eu chamo de Santíssima Trindade da música popular brasileira. Para gravar o LP *Origens — Pelo Telefone*, eu, abusando da intimidade, falei com o Donga:

— Mestre, eu quero fazer uma gravação da sua música com Mauro de Almeida, mas há diversas versões e alguns versos cantados de várias maneiras. Qual é a letra correta?

— Ih, menino... Isso já deu muito pano pra manga. O velho desconversou, eu deixei passar um tempo e voltei ao assunto. Com muito jeito, consegui que ele me falasse, mais ou menos assim: "Eu fiz a melodia da primeira parte, sem letra, e o refrão completo

Ai, ai, ai. Deixa as mágoas para trás ó rapaz. Ai, ai, ai. Fica triste se és capaz e verás.

E ponteava cantarolando:

Tantaramtam, tantaramtam, tantaramtam, tantaramtamtam.

A turma que frequentava a casa da Ciata gostou muito, e eu tinha que repetir várias vezes. Depois fiz a melodia da segunda parte, o Mauro fez aquele verso da rolinha que se embaraçou e daí pra frente surgiram muitos improvisos. Eu registrei o samba, só a melodia. Passado um tempo, o Mauro registrou a letra, eu gravei e foi um sucesso retumbante. Os improvisadores, que eram muitos, sentiram-se também autores do samba e houve um falatório danado. Do Mauro, que era jornalista, ninguém falava, mas até na Imprensa diziam que eu me apropriei de uma música coletiva. E eu só registrei a minha melodia". Gravei o *Pelo Telefone* do jeito que ele cantava e até hoje é um grande hit entre os meus sucessos. Toda vez que eu o canto fico emocionado e sinto uma imensa saudade do Donga, mas a emoção mais forte foi quando cantei com a mulher dele, a Vó Maria, em um show no saudoso Canecão. Foi de chorar sorrindo.

De água na boca

O verão se foi, o outono chegou, mas os jardins continuam floridos e o sol, como sempre, estará brilhando em todas as regiões. Nos países cortados pela linha do Equador, entre os quais está o Brasil, as estações do ano não são definidas e quase não se percebem as mudanças correspondentes.

Na Região Norte costuma-se dizer que só há duas estações — inverno e verão. O inverno é a época de muitas chuvas e o verão é quando chove pouco. Os estados do sul são os mais frios, mas há estiagem no inverno, quando o solo fica tão seco como os do Nordeste. Mesmo assim Jorge Ben escreveu:

Moro num país tropical
Abençoado por Deus e bonito por natureza
Mas que beleza!

Na maioria dos países da Europa e na América do Norte, no fim do outono as folhas vão amarelando, caindo, e no inverno as árvores estão desfolhadas. Quando a primavera chega, as folhas começam a tomar conta dos braços das árvores e surgem as flores. Um friozinho persiste, o que torna o verão curto, porém abrasador. Atinge temperaturas que não são registradas no Brasil. No Rio, Salvador e em outras capitais do Nordeste, dificilmente o termômetro marca menos de 16 graus, e é raro um carioca saber em que estação do ano está.

Talvez por isso o Nelson Sargento, em parceria com Alfredo Português e Jamelão, não tenha citado o Brasil no antológico samba-enredo As Quatro Estações do Ano:

Brilha no céu o astro-rei com fulguração
Abrasando a terra, anunciando o verão
Outono, estação singela e pura
É a pujança da natura dando frutos em profusão
Inverno, chuva, geada e garoa
Molhando a terra preciosa e tão boa
Desponta a primavera triunfal
São as estações do ano num desfile magistral
Oh primavera, matizada e viçosa pontilhada de amores!
Engalanada, majestosa
Desabrocham as flores nos campos, nos jardins e nos quintais
A primavera é a estação dos vegetais
Oh! primavera adorada, inspiradora de amores!
Oh! primavera idolatrada, sublime estação das flores!

Já pensei, mas ainda não fiz um samba sobre o outono, que é mais gostoso que a sempre linda primavera. Nos hortifrútis as frutas empilhadas dão um show de cores e odores.

Pena não se encontrar aqui no Rio os frutos do Norte — açaí, sapoti, cupuaçu, bacuri, murici, taperebá, tucumã... E muitas das frutas da nossa região estão em extinção — jamelão, jaca, abil, cajás manga e mirins... Dificilmente se encontra jabuticaba, goiaba, amora, pitanga, acerola... Manga-rosa se acha com facilidade, mas já são raras as espadas, espadinhas e carlotinhas. Manga é a fruta de que eu mais gosto e, só de pensar já estou de água na boca.

Encontros prazerosos

O Carnaval acabou e eu ainda fiquei com o samba-enredo da Vila na cabeça e o desfile na memória. Na Ala da Corte do Rei Negro aconteceu uma confraternização, um encontro de kizombeiros, amigos, parentes e notáveis: Milton Gonçalves, Rildo Hora, Max Viana, Jorge Coutinho, Filó, Douglas Silva, Mumuzinho, Da Gama, Altay Veloso, Paula Lima, Pitanga, Juliana Alves, Gilse Campos, Januário Garcia, Romeu Evaristo, Ailton Graça, La Peña, Neilda, Edson Santos, Maira... Não dá para listar todos os amigos que desfilaram na Vila com o enredo O Canto Livre de Angola. Eram 150 só na Ala dos Amigos.

Todos os meus filhos e os netos: Raoni, Dandara, Josué e Guido, desfilaram. Foi um Carnaval muito bom, da família e da amizade. Entre amigos assisti aos desfiles das escolas do Acesso A e do principal, de camarote, junto com o Nicomedes de Andrade e cambas africanos. Era um trabalho, mas... Que trabalho bom!

No Desfile das Campeãs a Unidos de Vila Isabel confirmou que foi a melhor escola do Grupo Especial e campeã do Estandarte e do Tamborim de Ouro. Nos períodos pré e pós-Carnaval, o assunto escola de samba se faz presente em todas as conversas. Fui à MZA Music falar com o Mazzola a respeito do CD/DVD gravado no Rock in Rio, com a minha participação, a do rapper Emicida e a do grupo Cidade Negra, mas o que mais comentamos foi sobre o desfile da Vila, a escola moralmente campeã.

Depois, num encontro que tive com o Orlando Silva para falar sobre o meu show de aniversário do PC do B que aconteceu no Vivo Rio, predominaram as críticas sobre o resultado do desfile de São Paulo, onde se viu uma cena repugnante e vergonhosa para os sambistas paulistas. Encontrei-me também com a escritora Maria Eugênia Neto e a doutora Irene Alexandre que ficaram felizes com as homenagens. Elas vieram ao Brasil para o lançamento do livro do Prof. Nelson Cerqueira, A Estética da Recepção da Poesia de Agostinho Neto, em Salvador. Passei uns momentos agradáveis com as duas mulheres históricas. São esposa e filha do saudoso proclamador da República Popular de Angola.

Elas vieram ao meu encontro para agradecer pela homenagem que foi feita ao "nosso" País pela Vila, mas o objetivo principal do encontro foi lembrar-me de que no dia 17 de setembro daquele ano, o poeta, médico e revolucionário que liderou o Movimento Popular pela Libertação de Angola faria 80 anos e teríamos que comemorar.

A Dra. Irene Alexandre Neto é diretora da Fundação Agostinho Neto, conceituado órgão que pretende incrementar o Carnaval de Luanda e solicita minha colaboração. Tô dentro.

Samba de resposta

Feliz ano novo, minha gente!

Este voto pode ser dado no primeiro semestre porque ainda estamos recomeçando ou no segundo, quando já se pensa no próximo.

Os cariocas, tal quais os baianos, priorizam as festas, como cantou o Anézio do Cavaco em um partido alto. Uma das características deste tipo de samba é uma voz puxando e as demais respondendo. Um exemplo claro é o *Dora*, no qual o mestre Aniceto tirava partido:

Vou chorar, meu bem (não chora).
Eu já vou (embora)
Com Deus e Nossa (senhora)
Vou ali (agora)
E depois a Juiz (de Fora)
Porque chegou (a hora)
Vou chorar, meu bem (não chora)
A mulher do seu filho (sua nora) O nome dela (é Dora)
A Dora é minha senhora. Não bagunça o samba senão eu vou-me embora.

Os primeiros sambas de desfile das escolas não eram sambas-enredo e sim sambas improvisados, com uma parte permanente para o grupo cantar e outra solada pelo puxador, de improviso. Com o crescimento das agremiações e instituição dos temas definidos, alguém de voz potente guiava os componentes cantando as partes mais baixas ou difíceis do samba e deixando os refrães para as pastoras e pastores. Esta foi a renovação que a Unidos de Vila Isabel apresentou no Carnaval de 2013. O Tinga cantava e a escola respondia:

Semba de lá que eu (sambo de cá)
Já clareou (o dia de paz)
Vai ressoar (o canto livre)
Nos meus tambores, o sonho vive.

  Da mesma forma, em outra parte que me deixava sem graça:

Nesse cortejo (a herança verdadeira)
A nossa Vila (agradece com carinho)
Viva o povo de Angola (e o negro rei Martinho).

  Naquele ano, a inovação mais ousada foi apresentada pela Mangueira. Fez paradas longas da bateria para o povo cantar o estribilho, mas, no carro de som, artistas de tons de voz diferentes continuaram cantando e se atrapalharam. Não deu bom.
  Para melhor entendimento, deveria ser feito como num show em que o artista e o coro param de cantar e deixam a música com a plateia. Por exemplo, interpretando *O Pequeno Burguês* eu canto:

Felicidade, passei no vestibular
Mas a faculdade é particular

Aí a banda faz um breque, eu me calo, o vocal também, e o povo se esbalda:

Particular, ela é particular
Particular, ela é particular
Particular, ela é particular
Particular, ela é particular

Bem. Mudando de pato para marreco, como diz o povo do samba: "O Carnaval acabou, não vai dar pra mudar o resultado. A ordem é trabalhar para no próximo ano fazer bonito, ganhar e comemorar".
Vamos renascer das cinzas.

Crônica dos campeões

Domingo de Carnaval, anoitecendo. Ligo para o táxi e começo a me preparar. Antes das nove estou no Sambódromo em um camarote que organizei com a ajuda da empresa Andrade Gutierrez para homenagear a África. Recepciono embaixadores africanos, políticos, empresários... Quase todos com suas esposas e todos tirando fotos. Nos intervalos dos desfiles eu faço um *pocket show* acompanhado pelos músicos Cláudio Jorge no violão, Wandersom Martins no cavaquinho, Ivan Machado no bacholão e Tunico Ferreira na percussão. Analimar e Juliana cantam comigo.

Antes da penúltima escola, me despeço dos convidados e caminho para a concentração da Unidos de Vila Isabel, na altura do edifício que ficou conhecido como Balança Mas Não Cai. Do setor quatro até lá, gastei mais de uma hora, pois parava constantemente para fotografias. Muitas fotos. Minha filha Alegria, nervosíssima, me alertava: "Pai! Não para. Você vai atrasar a escola!" A Preta e o Preto me ajudavam a me desvencilhar das pessoas. Ao chegar à concentração, pensei que ia respirar aliviado, mas os componentes portavam máquinas fotográficas e todos os que me viam me queriam como lembrança.

Meu joelho esquerdo, que não anda muito bom, começou a doer. Com dificuldade, subi no carro alegórico, embora não muito alto. Me fantasiei lá em cima com um traje africano que a comadre Alice, esposa do poeta Manuel Rui, mandou-me de Luanda. Estou um tanto tenso e exausto. O meu dia foi cheio e, como já disse, passei a noite inteira no camarote recepcionando, dando autógrafos e cantando de vez em quando.

Amanhece e eu adentro à Passarela do Samba com o coração saltitando. Toda a escola está linda da Comissão de Frente à bateria perfeita. Ouço componentes cantarem, com muita garra, uma parte do samba referente a mim; finjo que não é comigo mas assumo o personagem. O público me saúda, eu recebo a energia que emana. Tomado pelo espírito da Kizomba, fico leve, nem sinto o joelho e gingo muito. O desfile foi perfeito, alegre e o final emocionante, com o público gritando:

— Já ganhou!
— Já ganhou!

A dispersão foi complicada por causa do assédio, mas consegui chegar bem à condução que me levou de volta pra casa.

Era voz corrente entre os críticos especializados que a Vila tinha sido a melhor escola, e ganhamos no júri popular, mas no julgamento oficial ficamos em terceiro. Foi injusto, mas tudo bem. Valeu, Vila Isabel! Valeu, Rosa Magalhães! Agora, como diz um esperançoso samba:

Bom calor nas mãos unidas e na cabeça, um grande enredo.

Como dizia o povo de Angola, a luta continua e a vitória é certa.

É Carnaval!
Até a tristeza se alegra

O povo brasileiro é o mais alegre do mundo. Um rosto pode chorar e rir ao mesmo tempo. Há velórios festivos, cortejos fúnebres com música, palmas no descer de caixões à sepulturas. Interpretamos canções tristes sem tristeza e pulamos alegremente nos carnavais com o choro do *Pierrô Apaixonado* de Noel Rosa e Heitor dos Prazeres:

Um pierrô apaixonado
Que vivia só cantando
Por causa de uma colombina
Acabou chorando, acabou chorando.

Para nossa alegria, Benedito Lacerda e Humberto Porto criaram uma jardineira que ficou triste com a morte de uma flor:

Oh! Jardineira por que estás tão triste?
Mas o que foi que te aconteceu?
Foi a camélia que caiu do galho
Deu dois suspiros e depois morreu

Newton Teixeira e Cristóvão de Alencar se decepcionam com o malmequer:

Eu perguntei a um malmequer

Se meu bem ainda me quer
Ele então me respondeu que não
Chorei, mas depois eu me lembrei
Que a flor também é uma mulher que nunca teve coração.

Nássara e Frazão falaram mal das flores belas:

Entre uma rosa amarela
Um cravo branco e um jasmim
Encontrei a Florisbela entre as flores de um jardim
Implorei um beijo dela e ela nem olhou pra mim
Afinal as flores belas, todas elas, são assim.

Sem lamento algum, nos alegramos com a insinceridade da Aurora, criada por Mário Lago e Roberto Roberti:

Se você fosse sincera, ô ôôô Aurora!
Veja só que bom que era, ô ôôô Aurora!
Um lindo apartamento com porteiro e elevador
e ar refrigerado para os dias de calor
Madame antes do nome você teria agora. Ô ôôô Aurora!

Felizes cantamos para uma moreninha de corrente de luz dos olhos que faz cegar, de João de Barro e Lamartine Babo:

Dizem morena que o teu olhar tem corrente de luz que faz cegar
E o povo anda dizendo, que esta luz no teu olhar a Light vai mandar cortar

Nos finais de bailes, antes do hino da Cidade Maravilhosa, de André Filho, nos despedimos alegremente com a saudade do Max Nunes e do Laércio Alves, que sofreram por um amor:

Bandeira branca amor, não posso mais
Pela saudade que me invade eu peço paz.

Bom mesmo é cantar espantando as tristezas como fizeram Niltinho e Haroldo Lobo:

Tristeza, por favor vai embora
A minha alma que chora
Está vendo o meu fim
Fez do meu coração a sua moradia
Já é demais o meu penar
Quero voltar àquela vida de alegria
Quero de novo cantar
lara rara, lara rara
lara rara, rara
Quero de novo cantar

De pato pra ganso
e de ganso pra pato

Dedico esta crônica à Ivanísia, compositora da Vila que disputou um concurso de samba de quadra no Centro Cultural Cartola e ficou entre os vencedores. O CCC — não confundir com o antigo Comando de Caça aos Comunistas — antes foi presidido pela Nilcemar Nogueira, neta do mestre que foi parceiro do Cláudio Jorge na música *Dê-me Graças, Senhora*, gravada no LP *Cartola 70*, produzido pelo Sérgio Cabral. Cajó, como é chamado na intimidade, é também meu parceiro de músicas e copos. Ele gosta de escrever, tem um blog e dissertou sobre os efeitos que causam nele a música e o futebol: "Meu ano de 2011, na maioria dos aspectos, terminou bem, mas o mico botafoguense no Campeonato Brasileiro foi dose e despertou em mim um certo pessimismo. Aí 2012 começa com o novo 'Big Brother', com direito a suspeita de estupro e outras baixarias; o maior canal de televisão do Brasil compra os direitos do festival de pancadaria travestido de "esporte formador de caráter", o UFC. O mesmo canal abre finalmente os braços para o mercado fonográfico religioso, a música de sucesso nas paradas fica martelando "ai se eu te pego" e três edifícios desmoronam no Centro do Rio causando vítimas. Cheguei a escrever uma crônica na qual eu falava das minhas causas que eu considerava perdidas. Além do Botafogo, falava do direito autoral, da profissão e do mercado de música no Brasil, do racismo e por aí vai. Mas aí desisti de publicar. O pessimismo é um sentimento rejeitado por todos os níveis, desde o religioso até o idealista, o psicanalista, o financeiro etc. Estava quase publicando a 'bad' crônica no meu blog quando cheguei à conclusão que o pessimismo só deve ser praticado em ato de solidão e quando você já estiver satisfeito, sai da toca para o mundo com aquele sorriso nos lábios, praticando o positivismo nas suas relações sociais e de trabalho".

Sorrindo, o amigo botafoguense foi, a convite do Wilson da Neves, assistir ao show do Chico Buarque, onde o baterista-compositor ganha destaque. Ficou maravilhado e blogueou: "Não tem jeito. Eu também sou tiete do Chico". Pulando de pato para ganso, como se diz no popular, o Julinho da Adelaide, codinome que o Chico usava para fugir da censura, é mangueirense, mas está convidado a desfilar na Vila Isabel, porque foi um dos líderes do Projeto Kalunga, que levou uma grande delegação de artistas do Brasil para Angola em 1980. Agora, pulando de volta pro pato, confesso que fiquei com inveja do Cláudio Jorge, porque ninguém me convidou para o show do Chico, mas ainda vou dar um chego lá. Quanto ao futebol, Cajó, faça como eu, que sou vascaíno aguerrido só nas vitórias. Nas derrotas... Ah! Deixa pra lá.

O melhor é falar de Carnaval

Hoje tem C. R. Vasco da Gama e Duque de Caxias F. C. lá na área do Tenório Cavalcante. Esse foi o "homem da capa preta", alagoano brabo que portava sempre uma metralhadora e gozava das imunidades de deputado pelo Rio de Janeiro. Para nossa tranquilidade, o temível Tenório não vai nos ameaçar com a sua arma, que ele chamava de Lurdinha, mas temos que respeitar o adversário. Alô galera que defende o Cruz de Malta! Temos de somar pontos neste começo de campeonato. No ano passado, estivemos perto de botar as mãos no caneco da Taça Rio e, se não tivéssemos perdido, no início, preciosos pontos contra pequenos times, teríamos sido campeões. Neste ano começamos bem e tudo indica que vamos levantar muitas taças. Alô, estudantes vascaínos! Vamos torcer e agir como o nosso Vascão, mas janeiro já está no fim e daqui a alguns dias começam as aulas. Não se esqueçam de que notas altas nas provas iniciais garantem tranquilidade nas finais.

Desculpem-me por tocar nesse assunto em pleno período de férias. Melhor falar de Carnaval. Só faltam três dias para fevereiro e este é o assunto do momento. Pretendo começar os festejos, à vera, em Vitória (ES), aonde vou para me divertir e alegrar os capixabas. Por aqui, a capital da folia, as escolas de samba estão a todo vapor. Estarei no ensaio técnico da Vila no próximo dia 3. Quase toda a minha família vai desfilar:

Mart'nália, Maíra e Dandara vão estar em alegorias; Analimar, na Ala das Baianas; Tunico, na bateria; e Raoni, na Comissão de Frente. Os filhos todos desfilarão, inclusive a Alegria, que vai debutar como mascote da minha Ala da Corte. A Vila vai fechar o desfile oficial de domingo, 9, e eu vou amanhecer no último carro, tendo um grupo de amigos angolanos à frente.

A Leila Lopes, Miss Universo angolana, iria representar a Rainha Ginga, mas não vai desfilar conosco porque fez muitas exigências e estamos com dificuldades financeiras. A Embaixada de Angola deu-nos o apoio institucional, mas não entrou com o financiamento que esperávamos. Até hoje, nada. Entretanto, podem crer, faremos uma grande apresentação porque a carnavalesca Rosa Magalhães e o coreógrafo da Comissão de Frente, Marcelo Misalid, estão com a criatividade aguçada e os componentes, empolgados, incorporaram o "espírito da kizomba". Vou ficar com o coração em descompasso quando a escola cantar:

A nossa Vila/ Agradece com carinho / Viva o povo de Angola e o negro rei Martinho / Semba de lá, que eu sambo de cá / Já clareou o dia de paz / Vai ressoar o canto livre / Nos meus tambores / O sonho vive.

Depois é só correr para os abraços.

Para Leonel Brizola

Desde menino, sou encantado pelo Rio Grande. Quando se fala assim, entende-se que se trata do Estado do Sul, imenso, muito maior que o do Norte, que é pequeno. Eu estudava na escola pública Rio Grande do Sul, um estabelecimento de ensino padrão do bairro Engenho de Dentro, e o encantamento começou em um livro que ganhei, entre outros prêmios, por ter vencido um concurso de redação. Casei-me com uma gaúcha e tenho o honroso título de Cidadão de São Borja.

Já fui tema de desfile da E. S. Imperatriz de Porto Alegre e depois do próximo Carnaval, a Cova da Onça, escola de Uruguaiana, vai me homenagear duas vezes. Falei "depois do Carnaval" porque, em Uruguaiana, o reinado de Momo tem um calendário diferente e neste ano será nos dia 9, 10 e 11 de março. O samba-hino foi feito pelo Tunico Ferreira, meu filho, sem eu dar nenhum toque. A Vila já cantou o Rio Grande do Sul no enredo Glórias Gaúchas e eu fiz o samba.

Desfila a Vila novamente incrementada/ E desta vez tem Rio Grande na jogada/ Com suas glórias e tradições/ Suas histórias e seus brazões/ Tem gaúcho lá dos pampas que não é de brincadeira/ Estadista de renome já nos deu esse torrão/ Foi rainha da beleza a farroupilha hospitaleira/ É a terra da videira do churrasco e chimarrão/ Vamos cantar gentes do meridião/ Caminhando pela estrada sem espora e sem gibão/ Toma conta do rebanho Negrinho do pastoreio/ Sonha e canta o teu sonho, na viola, o violeiro/ E o gaúcho forasteiro/ Contemplando um céu azul/ Até o norte brasileiro vai cantarolando uma canção do sul/ Vou-me embora, vou-me embora, prenda minha/ Tenho muito o que fazer/ Vou partir pra bem longe, prenda minha/ Pro campo do bem-querer.

Foi um samba difícil de fazer, porque eu estava sem motivação para criar uma composição ufanista, num período em que a censura estava terrível. A inspiração veio em Manaus. Eu estava jantando e entrou um grupo de gaúchos cantando uma rancheira e, no meio deles, um alegre jovem piuchado. Pra quem não sabe, como o Aurélio, estar piuchado quer dizer "vestido à gaucha". De imediato veio à minha mente o último verso: *O gaúcho forasteiro, contemplando o céu azul, até o Norte Brasileiro, vai cantarolando uma canção do Sul.* Na mesma noite fiz a cabeça do samba. Foi nota dez e a Vila ficou em quinto lugar, mas fez um dos maiores desfiles da sua história. Leonel Brizola, ao ouvir o samba, lacrimejou. Dedico a ele, grande brasileiro, gaúcho "de quatro costados" nascido em Carazinho. Apaixonado pelo Rio, criou a Passarela Professor Darcy Ribeiro, o Sambódromo, inaugurado no Carnaval de 1984 e, se estivesse vivo, festejaria hoje 90 anos de brasilidade.

Acorda, camarada! Já é Carnaval!

Estamos a um mês da folia. No passado, o Carnaval era mais intenso. Havia menos escolas de samba e mais blocos, bandas e grupos de frevos. Grandes sociedades, ranchos, corsos, blocos de sujos e banhos de mar a fantasia. Nos subúrbios erguiam-se coretos em praças, e toda a cidade era envolvida pelo espírito do Carnaval. Os chefes de famílias mais pobres, que gastavam suas economias no Natal, tinham de comprar fantasias, rolos de serpentina e sacos de confetes. Mesmo os que não participavam ativamente compravam blusa ou saia de cetim para a mulher e uma camisa de tafetá para ir às ruas ver o Carnaval.

A classe dominante brincava nos clubes e havia os famosos Bailes do Flamengo, do Almirante e muitos outros, sem falar no Monte Líbano, Sírio-libanês e o da Cidade, no Theatro Municipal, onde alguns foliões que não queriam se fantasiar iam em traje a rigor. Por estas lembranças aqui vai a letra de *Prece ao Sol*, um samba-enredo nostálgico:

O Sol! Vem logo com a sua energia/ Pra gente falar da alegria/ Do tempo de um Rio bem feliz/ Como o Rio era feliz!/ E a tal felicidade/ Refletia uma verdade nos dias de Carnaval/ Carnaval com o povo brincando nas ruas/ Nas praias, coretos, cordões/ E a pequena burguesia, a rigor ou fantasia, nos bailes do Municipal/ Em bloco, os foliões desfilavam por prazer e cada escola de samba tinha o seu jeito de ser/ Quase tudo se acabou e as escolas permanecem/ Se agigantam, se renovam, mas precisam de cuidados/ Este samba é uma prece/ Santos, deuses, orixás! / Mandem luz pra proteger que o momento é delicado/ Astro rei que é estrela, ilumine os pensadores/ Não deixe o samba morrer/ Lua dos compositores. Não deixe o samba morrer/ Velhas guardas, diretores, sambistas de todas as cores! Não deixem o samba morrer. O samba agoniza mas não morre, segundo o Nelson Sargento.

O Carnaval bate à nossa porta. E você, amigo leitor, vai ficar aí parado? Acorda, camarada! As quadras estão bombando. Vá a uma escola de samba e tente arranjar vaga em alguma ala. Procure um bloco, caia na gandaia. Compre uma fantasia ou improvise e vá pular numa banda. Se você é mais de ver do que participar, o ideal é o desfile no Sambódromo. Um bom programa é ver os ensaios técnicos na Sapucaí. São vibrantes e descontraídos, sem a tensão dos desfiles oficiais. Bom também é ir curtir os preparativos da Unidos de Vila Isabel, no Boulevard 28 de Setembro. Na verdade não é só um ensaio, é uma grande festa. O samba do enredo *O canto livre de Angola* está na boca dos componentes. Aliás, ouvi bem o CD das escolas e gostei. Segundo as opiniões do Jorginho do Império, Paulinho Mocidade, Marquinho Satã e do jornalista Bruno Flippo, publicadas aqui n' *O Dia* no domingo passado, o samba da Vila é o máximo. Eu sou suspeito ao falar por ser o mentor do enredo e citado no samba, mas o da Vila, sem lugares comuns, é realmente, o melhor. Falei e disse.

Este ano não vai ser igual àquele que passou

A Missa do Galo, que é celebrada na noite de Natal, é tema de um belo e enigmático conto de Machado de Assis.

Diz uma lenda que, à meia-noite do dia 25 de dezembro, um galo cantou anunciando o nascimento de Jesus. Por isso uma missa é realizada e muitos católicos comparecem. Quando menino, eu fui a algumas e a lembrança mais marcante que tenho é de muita gente cochilando.

O Natal mais recente eu passei em família com o casal Sérvulo e Íris, saboreando um bom vinho.

Nossa! Como se come nesta época!

É bacalhau, peru, presunto, chester... Este eu não como. Quem já viu um chester vivo?

A virada do ano é pra se beber. E como!

Eu gosto de passar em Duas Barras e ficar por lá até quando acontece a Festa do Folclore com dezenas de Folias de Reis se revezando para cantar no presépio montado na praça. É lindo e emocionante.

A cidade está colorida pelas vestes dos foliões com seus quepes floridos e espelhados, assim como as fantasias dos palhaços com suas máscaras assustadoras. No meio do baticum das caixas, dos sons das sanfonas e violas, encontro amigos como Edson , Roberta, Odete, Jorge, Rose, Sérgio... O prefeito Antônio Carlos, a primeira-dama Sônia Amélia, o jornalista Vilarinho, a Camila, a Vera do Gonzaga, o Nei, o Lelo e muitos outros, todos registrados pela câmera do Reinaldo, que me pede para posar à frente de um grupo, o que me faz sentir como um verdadeiro folião.

Que saudade da Salete, que observava a cidade da janela do seu bar e, na encolha, servia cachaça aos palhaços! Como disse, eu ia festejar a chegada do Ano Novo com os bibarrenses, mas fiquei no Rio. Tinha muitas opções: participar da ceia do Windsor da Barra ou do Sheraton, que são excelentes; cear no Fratelli na Sernambetiba e depois jogar flores no mar; ver os fogos tomando cervejas e comendo peixe frito no quiosque do Naná, em frente ao condomínio Ocean Front... Poderia ir para a laje da minha irmã Nélia, na Abolição. Ela mora numa rua de ladeira e a casa dela é alta. De lá se vê uma grande área suburbana repleta de favelas, onde acontece a maior queima de fogos do Rio, a partir das 23h. Há os que preferem soltar seus rojões só ao amanhecer por achar que, realmente, é quando nasce o primeiro dia do ano. Feliz Dia Novo, minha gente! Passei em casa e foi muito bom. Os vizinhos soltaram fogos e eu, a Cléo, a Alegria e a comadre Regina fizemos uma farinha gastronômica com bacalhaus do Adegão Português. Como diz uma marchinha, *Este ano não vai ser igual àquele que passou*. Será melhor e maior.

Por ser bissexto, terá 366 dias. Quem é de 29 de fevereiro e só comemora aniversário de quatro em quatro anos, pode começar a preparar a festa. Epa! No domingo que antecederá o Carnaval vou fazer 7.4, sem Viagra. Viva eu!

Crônica de aniversário

Eu nasci no Carnaval de 1938 na Região Serrana, onde fica o meu off Rio. O povo de lá gosta quando eu canto: nos arredores, Cantagalo, Teresópolis... Nova Friburgo e Bom Jardim, bem no caminho. Meu off Rio tem um clima de montanha e os bons ares vêm da Serra de Petrópolis. É um lugar especial para quem é sentimental e aprecia um gostoso bacalhau. O galo canta de madrugada e a bandinha toca na praça. Na entrada, um vale que é encantado, tem cavalgada, tem procissão.

As cachoeiras principais de lá são duas e a barra é limpa porque não tem ladrão. Tomo cachaça com os amigos lá na Cachoeira Alta e na Queda do Tadeu, churrasco ao lago. Pra ir pro Carmo tem muita curva e a preguiça então me faz ficar na praça e eu nem preciso trancar o carro, a chave fica na ignição. A minha Vila fica meio enciumada se eu pego o carro e vou correndo para lá. Se alguém pergunta, eu não digo onde fica o tal lugar, mas canto um samba para quem adivinhar:

> *Eu nasci numa fazenda*
> *E fui criado na favela*
> *Namorei mulher casada*
> *E fui homem de moça donzela*
> *Treze anos de caserna*
> *Me deram boa lição*
> *Sou formado lá na Vila*
> *Fiz do samba profissão*

O meu pai era colono
E meeiro muito bom
Calangueava a noite inteira,
Não perdia versos, não...
....
Eu cresci no morro e me criei na cidade
Saí do submundo e penetrei no seio da alta sociedade
E já hoje em dia eu pego meu carro
E vou à boate, banquete, coquetel.... Não sou tatibitate
Tenho argumento pra qualquer bacharel.
Mas quando eu chego no morro,
Calço meu charlote, dou o braço à escurinha
Tomo uma bebida quente na tendinha
No jogo de ronda eu esqueço da vida.
Não é mole não
Mas eu sou considerado pela turma que descamba
Pego o pandeiro e caio logo no samba.
Já me disseram que eu sou um malandrão
Mas trabalho como um leão.

Muito mesmo, desde a infância, com 8 anos. E já estou na terceira idade, porém em plena atividade.

Vejam só: vou fazer um show na sexta-feira de Carnaval e no sábado cantarei para recepcionar as pessoas que assistirão ao desfile do Grupo de Acesso no meu camarote cujo tema da decoração é Martinho Homenageia a África. No domingo estarei à noite toda confraternizando com amigos na Sapucaí e depois vou desfilar em um carro com a Vila cantando o nosso Canto Livre de Angola, um antigo sonho meu. Passei os conceitos básicos do enredo para a Comissão de Carnaval e a Rosa Magalhães decidiu fazer um desfile de luxo, porque ela, como dizia o Joãosinho Trinta, não gosta de pobreza.

A situação financeira estava difícil, mas eu entrei no circuito, o embaixador Nelson Cosme se envolveu, esteve no barracão, ficou sensibilizado e o patrocínio saiu. A Vila vai estar suntuosa na Avenida, rica como a Angola dos tempos atuais. Viva eu, porque hoje é o meu dia. Faz 74 carnavais que saí da barriga da minha mãe, amparado por uma parteira, na Fazenda Cedro Grande, em Duas Barras. Ontem acordei cantando:

Surgi nadando
Na bolsa d'água
E dei um choro quando nasci...
Tive direito a felicidade
E como todos também sofri
Fiquei adulto
Já estou maduro
Fui muito amado
E muito amei
Se Deus quiser
Vou ficar bem velho
A morte é certa.
Depois... Não sei.

Feliz Natal, Papai noel!

Bom dia, minha gente! Que esta semana seja melhor para todos e em particular para os artistas.

A passada teve início com o falecimento do ator Sérgio Brito, da cantora Cesária Évora e o do carnavalesco Joãosinho Trinta.

O ator e a cantora não eram das minhas relações, mas eu os admirava e senti muito a morte deles.

O Joãosinho foi um amigo e parceiro de enredo, mas, depois do primeiro impacto causado pela notícia fúnebre, eu pensei na situação em que ele vivia e tive uma sensação confortante, pois o João vinha sofrendo muito e descansou. É verdade que, mesmo na cadeira de rodas e com alguns órgãos paralisados, ele ainda trabalhava e tinha muitos planos, mas seus projetos dependiam muito da sua presença física. Em 2004, eu o convidei para desenvolver o enredo Singrando Mares Bravios e, faltando um mês para o Carnaval, ele, que já havia tido um derrame cerebral, sofreu novo ataque e foi internado. Nós ficamos perdidos no barracão, porque tudo que ele fazia só ficava bom com o seu toque final e por isso não ganhamos o Carnaval, que seria o seu 12º título. Escrevi esta crônica num belo dia de Natal. Após o café da manhã, não li jornais como de costume. Me acomodei em frente ao computador, ajeitei o teclado e comecei sem planejar nada. Quase sempre começo assim, com a primeira palavra, frase ou pensamento que me ocorre.

"Escrever e coçar e só começar". Acabo de inventar um dito impopular, plagiado.

Iniciei pensando em não falar de tristeza, embora o Natal não seja um dia completamente alegre. Imaginei um jovem casal reciprocamente apaixonado que gostaria de estar junto neste dia mas não pode. Tem de cear com os pais. Ficam um tanto tristes, mas disfarçam a melancolia porque os familiares estão, aparentemente, alegres. Todos brindam, trocam mimos, mas sempre lembram de alguém ausente.

Neste dia comemora-se o nascimento do Menino Jesus e reflete-se sobre a vida do Cristo, cuja passagem pela Terra não foi nada boa. Nasceu, ameaçado de morte, na manjedoura de um estábulo. Da infância e adolescência pouco se sabe, mas a vida adulta de Jesus Cristo foi complicada, e o seu fim foi pior que o de qualquer ser humano. O Nazareno foi preso, torturado, humilhado e pregado numa cruz onde penou até a morte.

Desculpem-me, leitores! Até agora não falei nada de bom mas sei que serei perdoado porque hoje é dia do perdão, de perdoar e implorar.

Vai meu coração, pede perdão, um perdão apaixonado. Vai porque quem não pede perdão não é nunca perdoado (*Insensatez*, Tom e Vinícius)

Vamos ser sensatos, sorrir, abraçar os amigos, presentear. Dar presente é difícil, mas eu não tenho problema. Dou livro, CD ou DVD e nem me dou ao trabalho de comprar – autografo os que escrevi ou gravei.

Desejo também para o "Bom Velhinho", cantando:

Feliz Natal, Papai Noel
Que desce ao léu com seu trenó
Com seu trenó trazendo um saco de emoções
Meu desejo é só beleza para os olhos
Alegria e belos sons para os ouvidos
Pras crianças, meu Velhinho, bons desfrutes
E olfato pra sentir leves odores
Feliz Natal, Papai Noel...
Muito tato pra lidar com os amores
Apurado paladar para os quitutes
Pro prazer sexual muita libido
Que a justiça seja nua e sem antolhos
Paz pros nossos corações e um Ano Novo bem melhor
Sonhos de mel, Papai Noel!
Feliz Natal

Viva Minas Gerais

É muito bom passar uns dias ótimos em Minas, participar de uma festa, fazer um espetáculo e uma palestra, ou melhor, papear. O show foi dia de Iansã. Eparrêi Oiá! Salve Santa Bárbara!

Santa Bárbara é o nome de uma cidade mineira fundada há mais de 300 anos. A festa foi grande, com muita gente dos municípios vizinhos e, na ocasião, foi reinaugurado o Centro Histórico, iluminado especialmente para o Natal. Conhecida como a "Cidade do Mel", Santa Bárbara é terra de Afonso Pena, primeiro mineiro a ser Presidente da República. A palestra foi de comemoração do 25º aniversário do Sempre Um Papo, evento literário.

Foi emocionante estar em um teatro de cerca de 1.000 lugares, quase lotado, com gente interessada em ouvir a minha conversa intermediada pelo Afonso Borges, o produtor.

Terminada a conferência, fiquei um bom tempo autografando o meu novo livro, *Fantasias Crenças e Crendices*. Os 200 exemplares levados pela Editora Ciência Moderna foram todos vendidos.

O show em Santa Bárbara e a palestra em Belo Horizonte foram bons, mas ótimas mesmo foram as comidinhas mineiras que saboreei. Em Catas Altas, cidadezinha próxima a Santa Bárbara, foi onde eu comi melhor. Saboreei costelinhas de porco com ora-pro-nobis, verdura deliciosa que provei pela primeira vez em João Monlevade, na casa da Família Alcântara, grupo vocal que participou do Concerto Negro.

Em BH não deixo de ir ao Restaurante Dona Lucinha, muito bom. Sou mineiro honorário com título dado pela Assembleia Legislativa de MG. Fui condecorado com medalhas e comendas mineiras, mas a minha ligação com Minas Gerais é de nascença, pois Duas Barras, RJ, onde nasci, é caminho para a "Terra do Pão de Queijo", mas fui criado no Rio, num morro meio amineirado, a Serra dos Pretos Forros, na Boca do Mato. Cresci ao som de sanfonas ouvindo calangos e acompanhado folias de reis.

Minas Gerais gerou grandes compositores identificados com o samba como João Bosco (*O Mestre–sala Dos Mares*), Ataulfo Alves, o maior (*Laranja Madura*), Milton Nascimento (*Coração de Estudante*) Xangô da Mangueira... É de Xangô um dos grandes sucessos da Clara Nunes, na minha opinião a mais bela voz do Brasil de todos os tempos:

Quando eu vim de Minas
Trouxe ouro em pó quando eu vim
Trabalhava lá em Minas
Juntei dinheiro numa sacola
Por causa de uma mineira
Quase peço esmola

Um outro grande compositor mineiro é o Toninho Geraes, autor de *Mulheres*, um dos meus maiores sucesso, mas das minhas cantorias mineiras, a que mais me emociona é *Congada de Minas Gerais*, da cidade de Machado, que eu gravei no LP *O Canto das Lavadeiras*.

Tristes e boas

O desaparecimento do Magrão, um dos poucos atletas da bola que tinha opinião própria e liderou o maior movimento ideológico da história do futebol brasileiro, a "Democracia Corinthiana" — Sócrates Sampaio de Souza Vieira de Oliveira, mais conhecido como Dr. Sócrates, deixou o nosso futebol mais pobre. Foi uma notícia triste.

Na mesma semana, uma outra notícia que esteve em manchetes foi o julgamento da bonita e loura Adriana Almeida, traidora confessa do marido cadeirante, Renné Senna, que ficou milionário. Foi acusada de mandar matá-lo para ficar com a grana preta da Mega-Sena

É difícil ter notícia boa nos jornais televisivos.

Me consolo com as que não são tristes nem boas. Uma que me impressionou foi a publicação da estatística sobre as separações e divórcios que aumentaram sensivelmente nos últimos anos e, em contrapartida, o número de casamentos também cresceu. Penso que este fato foi em consequência do número de separações de amasiados, que, normalmente, contraem uma nova relação e se casam de papel passado, para deixar claro para os ex que não há possibilidade de volta. Quanto aos divorciados, em muitos casos os casais continuam juntos, vivenciando um concubinato mais feliz que o casamento. Só não se casam novamente porque têm noção do tanto que é problemático um divórcio, além de o custo ser alto.

Eu tenho uma irmã, a Elza, que se casou primeiramente só no cartório, separou-se, voltou a namorar o marido, noivou-se, casou-se na igreja e depois ficou viúva. Não contraiu núpcias novamente porque não quis, pois propostas não faltaram. Preferiu cuidar da nossa mãe, a saudosa Tereza de Jesus, das Memórias Póstumas, para quem era, para mim, um anjo da guarda.

Elza mora sozinha por opção. Poderia morar comigo ou com outro parente, pois a nossa família é imensa, tão grande que não dá para ter em mente o dia de aniversário de cada um. Para se ter uma ideia, não há um mês que não haja festa natalícia.

Elza comemora nova idade em dezembro, mesmo mês do meu filho Preto.

Antes de ele nascer, eu fiz um samba:

Meu compadre, o Pretinho tá nadando na barriga da comadre
Quando a bolsa se romper, vai sair esperneando
Chorando, fazendo careta
Mas seu choro é pra dizer que é gente e tem que comer
E o seu maior prazer
É mamar na Preta.
Ê lua cheia
Ê estrela guia
Lua Luar
Pega a criança e ajuda a criar.

Viva Elza, minha mana número um! Salve o Pretinho, meu Pretão!

Viva o Cei! Viva a Alegria! Viva o Nei!

Novembro é um mês alegre mas todos os anos eu torço para que ele passe rápido e chegue logo o período das festas.

O meu onze do onze foi cheio de emoções. Uma delas foi o evento de Aniversário da Independência de Angola, sobre a qual vou falar na crônica "Valeu Zumbi, Viva Angola!". Muito me sensibilizou o lançamento do livro *Martinho da Vila, Tradição e Renovação*, escrito pelos grandes brasileiros João Batista Vargens e Renato Conforte. Estes dois intelectuais fizeram uma bonita festança para mim no Museu da República.

Valeu, amigos!

Também me emocionei na tarde descontraída que passei na casa do brasileiríssimo Sérgio Cabral, conversando fiado como nos velhos tempos, embora sem a presença da Magali. Já no início do mês das boas festas, tomei posse como membro do Pen Club Internacional, organização de escritores que prima pela liberdade de expressão. Fiz tudo isso capengando porque o meu problemático joelho esquerdo resolveu me incomodar. Mesmo assim fui assistir à peça infantil do Chico Buarque, *Os Saltimbancos*, representada pelos alunos do 5º ano D do Colégio CEI, Centro Educacional Espaço Integrado, escola padrão da Barra, onde estudaram os meus filhos mais novos. Os pequenos artistas estavam tensos e os pais também, inclusive eu. Escrevi, aqui neste nosso *O Dia*, uma crônica sobre o que é ser um bom pai e disse que eu não era um dos mais admiráveis, mas creio que fui bom genitor, ou mais ou menos, porém mais para mais que para menos.

Não acompanhei muito a vida escolar da maioria da minha prole, mas a Alegria, minha caçulinha, deu sorte porque neste ano eu dormi a maior parte do tempo em casa e pude me dedicar a ela. Estudei como criança e até fiz trabalhos de casa. Chegou dezembro e os jovens estão ansiosos. Ficam pensando na última prova e os pendurados estão tensos porque, se não alcançarem o resultado de que precisam, ficarão para segunda chamada, o que significa estudar nas férias. A filha Alegria tem muitas dificuldades, mas vai se dar bem porque é estudiosa e tem a vantagem de gostar de ler, particularmente em voz alta, o que faz quando está nervosa. Desde a semana passada que ela está agitada, mas não é por causa da prova e, sim, por causa dos Saltimbancos. Alegria fez uma boa apresentação, articulou-se bem nas falas e cantou em inglês decorado a música *Three Little Birds*, do Bob Marley. Eu fiquei babando e lacrimejando, ou melhor, lambendo a cria.

Foi tudo lindo, porém o que mais me impressionou foi a atuação dos professores Katy Ribeiro e Jeffersson Barbosa. Não sei como eles conseguiram colocar crianças de 11 anos em média para representar. Bravos! De alma lavada eu saí, devagar, devagarzinho, apoiado pela Cléo, minha preta.

Radiantes fomos comemorar no lançamento do novo livro do vascaíno Nei Lopes, o Lima Barreto dos novos tempos. O Vasco deixou nossos corações acelerados. Festejamos muito, antecipadamente; perdemos para o Coritiba, mas saímos campeões da Copa do Brasil.

Esse Vasco...

Boa sorte, minha gente!

Nos finais de ano, tempo de festas, surgem os sinais luminosos da alegria. Luzes começam a ser espalhadas, guirlandas são colocadas nas portas e bonecos do Papai Noel aparecem nos jardins de condomínios baixos e em janelas de altos prédios. É tempo de se desejar boa sorte para os amigos e entes queridos, o que significa almejar aos prezados saúde, força para superar as adversidades e energia para não esmorecer nas ações que visam atingir os justos objetivos.

O futuro a Deus pertence, diz o dito popular, mas acredito que podemos moldar nosso destino na música *Filosofia de Vida*, em parceria com Marcelinho Moreira e Fred Camacho.

Meu destino eu moldei, qualquer um pode moldar
Deixo o mundo me rumar para onde eu quero ir
Dor passada não me dói, eu não curto nostalgia
Eu só quero o que preciso pra viver meu dia a dia

Pra que reclamar de algo que não mereço
A minha razão é a fé que me guia
Nenhuma inveja me causa tropeço
Creio em Deus e na Virgem Maria
Encaro sem medo os problemas da vida
Não fico sentado de pernas pro ar
Não há contratempo sem uma saída
Pra quem leva a vida devagar

Que o supérfluo nunca nos falte
Básico para quem tem carestia
Não quero mais do que eu necessito
Pra transmitir minha alegria

É... É isso aí. Entretanto, para transmitir emoção e alegria, todo artista precisa de muita sorte e quem mais depende da tal força invisível é o profissional do futebol. Por exemplo, Taffarel saía mal do gol e não comandava a defesa, mas quando tinha uma falta ou um pênalti contra o Brasil, o Galvão Bueno gritava "vai que é sua, Taffarel" e, como se estivesse ouvindo o comentarista da Globo, ele ia e pegava. Era um cara de sorte, foi tetracampeão do mundo.

Em contrapartida, Barbosa, que instruía bem seus defensores, saía do gol com elegante segurança e era considerado o maior goleiro de todos os tempos, não ficou marcado pelas suas grandes defesas, mas pelo gol que tomou do uruguaio Ghiggia, por pura falta de sorte, e o Brasil perdeu a Copa do Mundo de 1950 em pleno Maracanã.

Voltando para os tempos atuais, outro desprovido de bons augúrios foi o Edmundo, um dos melhores jogadores da sua época, mas que, na hora H, falhava. Perdeu pênaltis incríveis e um deles tirou do Vasco, que ele amava, o título de campeão mundial de clubes.

O maior sortudo de todos é o Ronaldão, que sempre teve sorte fenomenal. Passava um tempão sem jogar nada, mas na hora exata fazia o gol da vitória. O cara tinha mesmo uma grande estrela. Muitos o consideram inferior ao Zico e ao Roberto Dinamite, mas ele foi o maior artilheiro de todas as Copas e, quando todo mundo pensava que ele estava acabado, sagrou-se campeão pelo Corinthians.

Não gosto do que vou dizer, mas, pensando bem, acredito que todos os bem-sucedidos na vida, em qualquer área, mesmo nas artes, na política ou na ciência, além da perseverança e do talento, têm que ter sorte.

Valeu, Zumbi!
Viva Angola!

O Dia de Zumbi e da Consciência Negra, 20 de Novembro, deveria ser feriado nacional, mas é só no Rio de Janeiro, Alagoas, Amazonas, Amapá, Mato Grosso e Rio Grande do Sul e em muitos municípios de outros estados.

É dia reservado para se refletir sobre a expressiva participação dos afrodescendentes na formação do Brasil e suas condições na sociedade.

É obrigação da classe dominante planejar a inclusão social dos cidadãos pretos, cuja maioria vive na pobreza.

Este foi um dos assuntos da conversa informal que tive com alguns amigos em Brasília, onde aconteceu o evento comemorativo dos 36 anos da Independência de Angola. Foi uma festa pomposa e emocionante, com muita gente bonita elegantemente vestida. Os militares envergavam seus coloridos uniformes de gala e eu, por não ter visto no convite a observação de que o traje deveria ser a rigor ou passeio completo, cometi uma gafe — fui sem paletó e gravata. Mesmo assim, me dei bem. Os membros do cerimonial se achegaram sorridentes para me abraçar e eu falei que não iria entrar porque não estava vestido a caráter. Um deles me disse como quem dá uma ordem: "Vais ter de entrar sim, porque tu és parte integrante desta comemoração". Uma senhora radiante completou: "Vejam só, ele está muito bem, inclusive de sapato". Risos.

Paulo Mateta, o Adido de imprensa, me acompanhou ao lugar reservado na mesa principal e disse-me que eu seria bem acolhido mesmo se estivesse de sandália. Estavam presentes todos os embaixadores da lusofonia, alguns de outros países africanos, e eu fui saudado pelo anfitrião, o diplomata Nelson Manuel Cosme, que me tratou como um verdadeiro Embaixador Cultural de Angola no Brasil.

A Unidos de Vila Isabel marcou presença no evento com uma bela mostra de fantasias do enredo *Semba Lá que eu Sambo cá, O Canto Livre de Angola*, tema da escola para aquele próximo Carnaval.

Abrindo a cerimônia, Os Dragões da Independência tocaram os respectivos hinos e o Embaixador Nelson Cosme fez um discurso vibrante e conciso. Falou da amizade entre as duas nações, lembrou que o nosso País foi o primeiro a reconhecer a Independência de Angola e deu ênfase ao fato de estar comemorando mais de uma década de paz. Levantou uma taça, fez um brinde, deu vivas e convidou a todos para saborear alguns pratos da rica culinária angolana: calulu, muamba de galinha, fungis de milho e de bombó... Delícias que eu saboreei ao lado da embaixatriz Neogilda. Aproveitei a ocasião e a convidei para desfilar no carro abre-alas da Vila Isabel, convite de que ela, diplomaticamente, declinou.

Saí da festa ao som de músicas angolanas, tocadas pela Banda Maravilha.

Ala dos compositores

Já foi uma distinção ser compositor de uma grande escola de samba e, como sambista que sou, tinha o maior orgulho de pertencer à Ala de Compositores da Unidos de Vila Isabel. Mesmo quando fui Presidente do Conselho Deliberativo, eu era essencialmente compositor, e é assim que me sentia sendo Presidente de Honra. Também chamada de "ala dos poetas", aquele segmento já foi o mais importante da Escola. O puxador era o compositor que tinha a melhor voz e dela saíam os Diretores de Harmonia, que comandavam os ensaios. Todos os demais compositores, durante os desfiles, faziam parte da harmonização; o presidente da Ala, obrigatoriamente, integrava a Comissão de Carnaval.

Os diretores da escola, em sua maioria, eram antigos componentes que desfilavam na Comissão de Frente e deixavam a condução do desfile com os Diretores de Harmonia. Era muita honra para um compositor pertencer à ala de qualquer escola, mas hoje não é mais porque as diretorias a transformaram em um grupamento como outro qualquer, sem nenhum destaque. Pior, desfila no rabo da escola. Eu fui para a Vila por obra do Velho China, fundador e primeiro presidente, que mandou uma comissão ir ao terreiro dos Aprendizes da Boca do Mato me arregimentar, sorrateiramente, para não magoar a coirmã. Eu, que já circulava pelo bairro de Noel, não resisti ao assédio, e em 1965, com o aval do Paulo Brazão, me apresentei numa reunião da ala. Fui recebido com aplausos, mas o Tião Grauna, antigo compositor que presidia, exclamou:

— Martinho da Boca do Mato!
— Sempre às ordens, Seu Presidente!

— É uma alegria pra nós a sua chegada, mas tenho de dizer que, mesmo sendo nosso convidado, para ser o Martinho da Vila, vai ter de fazer samba de terreiro exaltando a nossa escola.

— Já fiz.

Apareceu logo um pandeiro, eu marquei o andamento cantei:

Boa noite, Vila Isabel!
Quero brincar o Carnaval na terra de Noel
Boa noite, diretor de bateria!
Quero contar com sua marcação!
Boa noite, sambistas e compositores, Presidente e diretores!
Pra Vila eu trago toda a minha inspiração.
Quero acertar com o Diretor de Harmonia
E as pastoras, o tom da minha melodia
Aaaaaa. Aaa. Ó óóóóó. Ó óó. Ô ôôôôô. Ô ôô. Laralálarará, larara.
Passistas, mestres-sala, ritmistas!
Quero ver samba feito com animação.
Eu quero ver as alas reunidas
Baianas brilhando no Carnaval.
Eu quero ver a Vila destemida
Fazendo evolução monumental.

Fui ovacionado e quando soltei a voz na quadra, o ensaio ferveu.

No seguinte, a Vila evoluiu com o primeiro samba meu, Carnaval de Ilusões, feito em parceria com Gemeu.

Bons tempos aqueles!

O mandingueiro
foi pro céu

O Brasil encerrou sua participação nos Jogos Pan-Americanos de Guadalajara com saldo muito positivo, disse-me o amigo Marcus Vinícius, superintendente do Comitê Olímpico Brasileiro. Segundo ele, embora o Brasil tenha ficado mais uma vez atrás de Cuba no número de ouros, desta vez o nosso desempenho no cômputo geral foi melhor, pois ganhamos 141 medalhas, sendo 48 de ouro, 35 de prata e 48 de bronze, ficando somente atrás dos Estados Unidos. Embora eu me considere um cidadão do mundo e diga que qualquer lugar do planeta é meu lugar, sou um nacionalista que vibra com tudo que é glória para o Brasil. Vi algumas competições pela televisão e vibrei muito porque mais de 50% dos nossos atletas medalharam. E 37% dos que subiram ao pódio foram beneficiados pelo programa Bolsa-Atleta, do Governo Federal, e conquistaram 54 medalhas. Muitos eram desconhecidos e são promissores para as Olimpíadas de Londres, para a qual já temos 104 atletas classificados.

Mudando de assunto, Eduardo Santana era um doce vascaíno que apoiava o Vasco onde ele estivesse. Era meu fã e sempre que podia ia aos meus shows.

Certa vez eu estava fazendo uma temporada em Recife, Pernambuco, o Vasco estava por lá, mas ele não pôde ir. Combinamos de, no dia seguinte, tomar café da manhã. Eu, os músicos e os técnicos ocupávamos todo o andar de um hotel e deixávamos as portas abertas e eu dormi sem cerrar a minha. Despertei com uma voz grossa me chamando e dei de cara com uma figura imensa na penumbra.

Que susto! Dei um pulo da cama.

Era o Santana, que também se assustou pensando ter entrado em quarto errado. Custamos a nos reconhecer e depois nos abraçamos e rimos a valer. Na ocasião, ele me disse que virou vascaíno para conquistar uma bonita moça chamada Carmen, pela qual se apaixonara; casou com ela e com o Vasco.

Ele foi o mais aguerrido vascaíno que conheci. Era o maior vibrador nas vitórias e o mais sofredor nas derrotas. Se o Vasco estivesse ganhando um jogo por terminar, ele ficava roendo as unhas e fazia mandingas para fechar o nosso gol. Conhecido como Pai Santana, era muito folclórico, mas o apelido de pai não era por causa do ocultismo que praticava, mas sim porque era um pai para os jogadores. Tratava todos como se fossem filhos, dava conselhos aos barrados, se comportava como psicólogo, profissional que no passado não havia nos clubes. Para os contundidos, fazia orações, benzia-os, mas privilegiava as técnicas da massagem. A alma do mandingueiro subiu ao céu no Dia de Todos os Santos e seu corpo foi enterrado no de Finados. Com certeza, Deus o recebeu de braços abertos.

Acho tudo bom e bonito

Na primeira quinzena deste mês, eu estive em muitos lugares em tempo recorde. Saí do Rio no dia 4, no dia 6 cantei em Lisboa, no dia 7, no Porto e depois, em Évora, cidade portuguesa tombada como patrimônio mundial. Retornei no dia 11 de Madri e, no dia 14, fui para Piraí, aconchegante cidade fluminense. Depois do show, peguei a estrada, cheguei à quadra da Vila na madrugada e, à tardinha, viajei para Porto Alegre. Dia seguinte subi a Serra Gaúcha com destino a Canela e fiz um show no hotel Laje de Pedra. Ufa!

Mesmo fazendo tudo devagar, bem devagarinho, confesso que fiquei muito cansado e, como não sou de ferro, fui passar o fim de semana em Duas Barras para me recompor e curtir um pouquinho da vida da roça, cantada num samba que eu fiz quando era menino e jamais gravei:

Acordava sob o canto dos passarinhos/ Ia para o trabalho vendo a aurora raiar/ Respirava um ar puro, bem fresquinho/ Descansava sob árvores frondosas quando o astro-rei estava a brilhar/ Vinha a noite, a escuridão fazia medo/ Mas a lua parecia nascer mais cedo/ Dormia sobre uma fina esteira/ Aquecido pelo calor da lareira/ Tinha dias de grandes festa nas fazendas e casas pequenas/ Participavam de alegres serestas sadios rapazes e belas morenas/ Dançava-se ao som da sanfona enfeita, do pandeiro e da viola enfeitada/ Que saudade da pequenina cidade/ Onde um pobre tem vida de qualidade.

Verdade, mas a minha vida lá na minha roça é complicada: acordo com a algazarra dos pássaros, levanto para ver o amanhecer sem abrir muito os olhos nem olhar para o relógio, como uma fruta do pomar, tomo um café com leite das vaquinhas próprias e volto pra cama. Dá uma vontade enorme de passar o dia inteiro no leito, mas cama também cansa e em indefinida hora acordo do segundo sono. Aí levanto e tomo um café preto para despertar e, involuntariamente, fico sem contato com o mundo. Computador, nem pensar, e o maior problema é que lá não tem telefone fixo e o móvel não pega. Sinceramente eu prefiro assim mesmo, mas é um absurdo não haver fios condutores nem torres para celulares entre Bom Jardim e Duas Barras, cidades próximas de Friburgo e que distam menos de 200km do Rio de Janeiro. A saída é dar uma volta na propriedade. Jogo uns grãos de milho para as galinhas, umas folhas para os gansos e patos, dou uma olhada nos porquinhos na pocilga e nos bezerrinhos no curral. Aí, preparo uns anzóis e vou pescar em um dos dois lagos. É pesca esportiva, pescar e soltar. Se dou sorte, reservo uns dois peixinhos para o almoço. À tarde, vou à cidade, compro um jornal, levo pra casa ou leio na praça. Como é bom ler jornal num banco de praça! Volto pra fazenda e dou uma caminhada numa estradinha de terra no meio de uma floresta, que eu apelidei de estrada dos bons pensamentos. Esta é a melhor parte. Caminho de pés descalços, falo sozinho em voz alta, abraço uma árvore... Sinto-me em contato direto com a natureza. Gostaria de ficar por lá, não posso, mas não reclamo. Volto para a lida com as energias carregadas e achando tudo bom e bonito, inclusive todos os sambas-enredo deste ano.

Alegria, minha alegria!

Nos candomblés e umbandas do Rio de Janeiro, Oxum, a rainha de todos os rios, é sincretizada com Nossa Senhora Aparecida, cuja imagem foi encontrada no Rio Paraíba do Sul pelos pescadores Domingos Garcia, Felipe Pedroso e João Alves em 1717. A minha fé na Padroeira do Brasil vem dos tempos de criança. Além da Primeira Comunhão, a melhor lembrança da minha infância religiosa é a de uma romaria organizada por um pároco da Igreja de Cristo Rei, no Lins de Vasconcelos, ao Santuário de Aparecida. A caminho, no trem da Central, havia muita animação com religiosidade, isto é, rezávamos o Pai-Nosso, a Ave-Maria, a Salve-Rainha e o Credo de maneira ritmada, sem tristeza. Também cantávamos alegremente os cânticos sacros, como todos os católicos deveriam fazer sempre. Foi a minha primeira saída do Rio, e tenho bem nítida na minha mente a chegada à cidade de Aparecida, em São Paulo, junto com milhares de pessoas cantando para a Padroeira do Brasil o *Hino da Virgem de Fátima*:

A treze de maio, na Cova da Iria
No céu aparece a Virgem Maria
Ave! Ave! Ave Maria!
Ave! Ave!, Ave Maria.

Embora eu tenha lido no catecismo e minha mãe, Tereza de Jesus, que estava comigo na primeira viagem, tenha tentado me esclarecer, só muito tempo depois eu entendi que a imagem preta da brasileira é a mesma da portuguesa branca de Fátima que apareceu para os meninos pastores, Joaquim, Jacinta e Lúcia. A nossa padroeira surgiu para pescadores desconhecidos que pescavam para dividir com os pobres, mas aquela pescaria se destinava a garantir o almoço do Conde de Assuma, então governador da Província de São Paulo que estava em visita a Guaratinguetá.

É um sonho meu voltar à Basílica de N. S. Aparecida num dia 12 de outubro e cantar defronte ao Santuário:

Viva mãe de Deus e nossa
Sem pecado concebida
Viva a Virgem imaculada
A Senhora Aparecida.

Isso, para mim, não é um sonho fácil de realizar, porque o templo encontra-se entre Rio e São Paulo e a estrada fica muito congestionada. Como vocês sabem, meus leitores, eu tenho oito crias e a Alegria, minha caçulinha, evangélica, em outubro vai aniversariar.

Parabéns antecipados, filha! Aproveite bem os meses que faltam pois este é o seu último da adolescência. Que N. S. Aparecida cubra com o seu manto azul a sua meninice, a sua juventude, maioridade... Ou melhor, que a poderosa Senhora, mãe dos rios doces, lhe proteja por toda a vida. Axé! Muito Axé, minha Alegria!

Viva José do Patrocínio!

O jornalista José Carlos do Patrocínio nasceu em 9 de outubro de 1853, em Campos dos Goytacazes, cidade do Garotinho e da Rosinha, ex-governadores do nosso Rio de Janeiro. O casal de políticos está sempre enfrentando problemas com a justiça eleitoral, mas eu não posso negar que lhes sou grato e também à Benedita da Silva por terem me cedido o espaço onde hoje é a quadra de ensaios da minha escola de samba, a Unidos de Vila Isabel.

José do Patrocínio, farmacêutico, jornalista e político, foi um brasileiro da maior importância. Apenas conhecido na História do Brasil como abolicionista, na verdade foi o grande arquiteto do movimento. Orador eloquente, foi quem anunciou a abolição da escravatura da janela do Paço com a célebre exclamação: "Meu Deus! Meu Deus! Está extinta a escravidão!".

O ativista político aderiu aos ideais do republicanismo influenciado por Benjamin Constant e é apenas lembrado como abolicionista, mas deveria constar nos anais da História do Brasil como "O Proclamador da República", pois foi ele quem convocou os vereadores da época à Câmara para aprovar o edital da proclamação. Foi também quem redigiu o decreto da promulgação a que o Marechal Deodoro, muito amigo do Imperador, relutava em dar o seu aval, mas foi convencido a assinar.

Alô, professores! Quem me afirmou isto foi o historiador Helio Silva, numa entrevista que me concedeu para o livro *Kizombas, Andanças e Festanças*.

Patrocínio era escritor e, como Machado de Assis, Joaquim Nabuco e tantos outros, foi um dos fundadores da Academia Brasileira de Letras. Pouco citado nos livros escolares, este grande brasileiro ainda não foi devidamente exaltado por uma escola de samba.

Por falar nisso, aqui vai um esclarecimento: é um sonho antigo da Vila me homenagear num enredo, o que foi sempre adiado, inclusive com o meu parecer.

Em uma reunião no seu instituto, o ICCA, em 2012, meu compadre, Ricardo Cravo Albin, propôs ao Presidente Wilsinho que eu fosse cantado em um enredo, o Wilsinho aprovou a proposta e eu concordei, desde que tivesse a aprovação do Conselho Deliberativo e dos demais seguimentos da escola, deixando claro que não é um meu projeto de vida ser enredo da Vila, embora fosse uma honra.

O enredo nem foi submetido ao Conselho, pois eu fui de opinião que, como o Carnaval já estava próximo, deveríamos nos concentrar somente no tema que estava sendo trabalhado — O Canto Livre de Angola — e todos concordaram.

Tenho em mente, para o futuro, a elaboração de um enredo sobre José do Patrocínio, intitulado — Glórias ao Negro Patrocínio, o Arquiteto da Abolição e Proclamador da República!

Se rolar, vai dar bom samba.

Feliz outubro

Réveillon. Palavra francesa incorporada ao nosso vocabulário sem aportuguesamento. Antigamente o 31 de dezembro era chamado de "Dia de Ano" ou "Dia de Ano Bom".

Para mim, um ano bom é aquele em que faço muitas coisas gozando de saúde, o que eu tenho sempre graças a Deus.

Da mesma forma defino um bom mês, e o de que eu mais gosto, o de fevereiro, que é o do meu aniversário e em que quase sempre tem Carnaval. Setembro também é legal porque nele desabrocham as flores e nele as minhas estrelas musicais, Mart'nália e Maíra aniversariam.

Tenho muito orgulho delas. A pianista só me dá alegrias. Volta e meia alguém me diz: "Parabéns, Martinho!". Eu pergunto o porquê e me dizem: "Pela Maíra. Ela é genial". O mesmo ocorre com a outra musicista. Muita gente já me disse: "Fui ao show da sua filha. Ela é fantástica, incomparável". Eu fico todo bobo, mas num dia desses o meu compadre Paulo Rolim me telefonou eufórico:

— Fui ao da Mart'nália. Foi incrível. Ela teve de dar bis, 'tris', 'quatris'. Se houver shows de vocês no mesmo dia, me desculpe, mas eu vou para o dela.

Parece uma afirmação grosseira, mas não é. O compadre Paulo é brincalhão.

Para não ficar por baixo, brincando também eu disse:

Eu não gosto de dar bis. Tris e quatris não existem, pois não estão no Aurélio

Ele retrucou:

— O Aurélio é o pai dos burros, mas às vezes ele é que é o filho. Tris e quatris existem sim. É que ele nunca viu um espetáculo da Mart'nália. Desculpa aí de novo, mas ela é a maior, é dois em um.

Não entendi e ele explicou gargalhando:

— O show dela é duplo. Eu vejo ela e você ao mesmo tempo. Principalmente quando canta músicas suas.

Aí eu gostei. A conversa continuou.

— Tem trabalhado muito? Como vai a saúde?

— Não tive nem resfriado. Viajei, cantei bastante e gravei com o Diogo Nogueira a música *João e José*, que eu fiz com o pai dele. Foi muita emoção no estúdio, mas eu me grilei, pois sentia a presença do João Nogueira, que morreu antes da hora.

Não falei para o compadre que fiz uma música inspirada no poema "O haver", do Vinícius de Moraes, a pedido do Elifas Andreatto e pintei um retrato do Poetinha, obviamente assessorado pelo Elifas. Além disso, lancei um novo livro, o *Fantasias, Crenças e Crendices*, na Bienal do Rio, e fui admitido no seleto quadro social do PEM CLUB, tradicional associação internacional que congrega poetas, ensaístas e novelistas.

Fiz tudo bem devagarinho, palavra de sambista. Ando sempre com a proteção dos Anjos da Guarda e do meu arcanjo. Eles me disseram que este ano vai ser muito bom pra mim e para os meus leitores também. Podem crer.

Hoje é dia de rock

A estação das flores chegou antes de ontem e com ela desabrochou o Rock in Rio. Não é um evento exclusivo para roqueiros, mas hoje realmente é dia de rock, pois a programação é pesada. Vai ser metaleira pura, vejam só: no Palco Mundo se apresentam Glória, Coheed and Cambria, Motörhead, Slipknot e Metallica. No palco Sunset, Matanza, B Negão, Korzus, The Punk Metal All Stars, Angra, Tarja Turunen, Sepultura e Tambours du Bronx. E na Tenda Eletrônica, Boys Noise, Steve Aoki, Killer on the Dancefloor e The Twelves. Sinceramente, não sei quem é a Glória e nem a Angra. Que ignorante sou eu! Dessa turma toda eu só conheço o B Negão e o Sepultura. Nos outros dias há sons variados, inclusive sinfônicos e no dia 30 eu estarei lá junto com o Cidade Negra e o Emicida. É a segunda vez que me apresento. A primeira foi no Rock In Rio Lisboa, ocasião em que eu e a filha Maíra fizemos um som com o grande artista português Luis Represas. Foi muito legal!

Mudando o rumo da palavra, um assunto muito comentado nesta semana foi o concurso Miss Universo. A única negra eleita miss Brasil foi Deise Nunes e a primeira miss universo preta foi Janelle Commissiong, de Trinidad Tobago, Antilha Sul Americana. Houve um tempo em que as famílias ficavam acordadas até altas horas assistindo pela televisão à eleição da mulher considerada a mais linda do universo. Era um grande acontecimento a disputa de beleza das mulheres. Minto, mulheres não, moças donzelas, pois as fêmeas declaradas e as casadas não podiam concorrer e ainda não podem. O concurso Miss Beleza Internacional acontecia em Long Beach e o de Miss Mundo, em Londres. Era tudo a mesma coisa, mas o de maior importância era o Miss Universo, que acontecia em Miami. O monótono evento saiu de moda e virou praticamente um quadro do Programa Sílvio Santos. Os últimos, ninguém viu. Este ano o concurso foi no Brasil e quase ninguém ficou sabendo, só agora, porque a lindíssima angolana, Leila Lopes, foi eleita e é a primeira africana a ser consagrada como a mais bela do mundo.

 É... Os tempos mudaram. Um negro preside os Estados Unidos, mulher manda no Brasil, sambista já canta no Rock In Rio e negra ganha concurso de beleza. Que bom!

Semba lá que eu sambo cá

A primeira vez em que estive na África a maioria dos países ainda era colônia.

Voltei ao Continente ainda em tempo de guerra civil em Angola, mas com Luanda, Lobito e Benguela sobre controle.

O governo angolano resolveu realizar um grande acontecimento musical e, comandados pelo Fernando Faro, o Baixinho, saiu do Brasil um avião da TAAG lotado, levando uma caravana de artistas solidários com aquele país irmão. Sem receber nenhum cachê, capitaneados pelo Chico Buarque de Hollanda, foram as irmãs Miúcha, Cristina e Pií, assim como Olívia Hime, Vanda Sá, Francis Hime, Edu Lobo, Noveli e o então novato Djavan. Eu indiquei o João Nogueira, Clara Nunes, Dona Ivone Lara, João do Vale e o Conjunto Nosso Samba. O Baixinho convidou a Elba Ramalho, o Quinteto Violado e o Dorival Caymmi, além de músicos que me fugiram da memória e outras pessoas, como o radialista Fernando Mansur. A tônica do espetáculo foi o samba, mas os shows terminavam com todos os artistas no palco cantando o *Cio da Terra*, do Chico e do Milton Nascimento. O evento foi batizado como Projeto Calunga e até hoje é citado como o maior espetáculo musical ocorrido em Angola.

A Vila abordou este acontecimento no seu desfile. É o "Samba Lá", do tema. Voltei a Luanda em 1982 e fui encarregado de liderar uma caravana trazendo um grupo de artistas angolanos ao Brasil. Vieram com O Canto Livre de Angola, em janeiro de 1983, os artistas Paulo Kaita, Dionízio Rocha, Filipe Mukenga, Carlos Buriti, André Mingas, Robertinho, Elias Dia Kimuezo, Joi Artur, Pedrito, Carlitos Dias, Dina Santos, Os Kituxis com os percussionistas Joãozinho, Candinho e Zé Fininho, além do saudoso Mestre Geraldo e os músicos do grupo Semba Tropical. Com meu coração acelerado dirigi o Canto Livre, na Sala Cecília Meireles, cedida graças à ajuda do professor Arnaldo Niskier. Foi a primeira vez que veio ao Brasil um grupo de artistas africanos; também pela vez primeira se ouviu um semba ao vivo, no Rio, na Bahia e em São Paulo. É o "Semba Cá" que mostramos no Carnaval em contraponto com o Projeto Kalunga, o "Samba Lá". Eu gostaria muito de fazer o samba-enredo, mas não fiz porque com a Vila cantando Angola, direta ou indiretamente, eu estou dentro do tema. Melhor assim, pois a nossa Ala de Compositores produziu uma safra de bons sambas.

Desfilamos com um samba antológico, de André Diniz, Evandro Bocão, Leonel, Arlindo Cruz e Artur das Ferragens.

Vibra óh minha vila
A sua alma tem negra vocação
Somos a pura raiz do samba
Bate meu peito à sua pulsação
Incorpora outra vez kizomba e segue na missão
Tambor africano ecoando, solo feiticeiro
Na cor da pele, o negro
Fogo aos olhos que invadem,

Pra quem é de lá
Forja o orgulho, chama pra lutar

Reina ginga ê matamba vem ver a lua de Luanda nos guiar
Reina ginga ê matamba negra de zambi, sua terra é seu altar

Somos cultura que embarca
Navio negreiro, correntes da escravidão
Temos o sangue de angola
Correndo na veia, luta e libertação
A saga de ancestrais
Que por aqui perpetuou
A fé, os rituais, um elo de amor
Pelos terreiros (dança, jongo, capoeira)
Nasci o samba (ao sabor de um chorinho)
Tia Ciata embalou
Com braços de violões e cavaquinhos a tocar
Nesse cortejo (a herança verdadeira)
A nossa vila (agradece com carinho)
Viva o povo de Angola e o negro rei Martinho

Semba de lá, que eu sambo de cá
Já clareou o dia de paz
Vai ressoar o canto livre
Nos meus tambores, o sonho vive.

Conversa de pescador

Todo mundo sabe que gosto de pescar. Fui iniciado na pescaria pelo meu saudoso dentista, Cícero Minei, e a minha primeira experiência foi logo no Pantanal Mato-grossense. Pesquei lá muitas vezes e, em uma delas, peguei um jaú de 46kg. Sempre que conto esta façanha alguém abre um sorrisinho descrente.

Todo pescador tem fama de mentiroso.

A culpa é do cubano Santiago, personagem do clássico da literatura mundial O velho e o mar, de Ernest Hemingway, que não era pescador, mas era mentiroso dos bons, pois conta a história de um velho pescador que enfrentou o mar violento com um pequeno barco e fisgou um espadarte gigante.

Logicamente ele teria que soltar a linha porque o peixe, maior do que a embarcação, certamente viraria o bote, mas o velho Santiago lutou dias e dias com o peixão e conseguiu trazê-lo para a borda, onde o amarrou porque não cabia dentro do seu barco. Além desse absurdo, enfrentou, com o remo, os tubarões que comiam o peixão. Ganhou a guerra, mas chegou à praia com a carcaça do enorme espadarte, sendo admirado por todos.

Tá legal que é ficção e tem uma conotação social, mas é um exagero e, por isso, todos nós ao falarmos que pegamos um peixe grande, sofremos com galhofas.

Eu gosto de falar de pescarias e posso narrar uma de duas maneiras:

De um jeito pode parecer "programa de índio". "Às 4h30 da madruga, depois de ter dormido duas horas apenas no quarto de hóspedes, que é onde a Preta, minha esposa, manda eu dormir quando vou à pesca, o telefone toca. Antes das cinco já estou num táxi saindo da Barra em direção a Ipanema, onde mora meu parceiro, o Pedro Penteado. Passo para o carro dele e vamos pegar os colegas Edson e Sérgio, que também moram na Zona Sul, e partimos para a Marina da Glória. Ali passamos as tralhas para uma pequena lancha, e é tanto bagulho que quase não cabemos. Aí enfrentamos o frio da manhã na Baía da Guanabara a caminho de Niterói, onde compramos camarão vivo, e saímos à procura de um lugar meio limpo para lançar os camarões-iscas, pois a nossa baía está que é lixo só. É normal passarmos o dia inteiro para pegar cerca de meia dúzia de peixes pequenos e chego em casa no bagaço, ao anoitecer". Programa de índio?

Narrado de outra forma é invejável:

"Em um sábado de folga, acordo cedinho, pego um táxi e sigo tranquilo pela Praia da Barra, vendo o dia amanhecer, uma coisa que me emociona, como escrevi na música *Todos os Sentidos*. Passo por São Conrado e sigo pela orla admirando a paisagem. Encontro com meus companheiros de pesca, passamos numa padaria, tomamos o café alegremente e compramos guloseimas. Sete e poucos, com o sol surgindo, já estamos deslizando nas águas calmas da baía. A pescaria é apenas um motivo para passarmos um dia inteiro de conversa fiada, contando piadas e apreciando a paisagem.

Como as do Rio e de Niterói são lindas olhadas do mar!

Em dias de sorte pegamos muitos peixes. São corvinas, marimbas, cavalas, chernes... Uma vez peguei uma pescada amarela de 7kg.

Acreditem! Não é conversa de pescador".

Esculpido em carrara

Dia dos Pais. Poderia dizer que hoje é meu dia, embora este domingo seja de todos os pais. Parabéns para nós! Alô, Martinho Antônio, Analimar e Mart'nália! Alô, Juju e Tunico! Alô, Maíra! Cadê o meu presente? O Preto e a Alegria compraram com o meu dinheiro, mas valeu. O que eu gostaria mesmo era de passar o dia com todas as minhas crias, mas isso não é possível. O Tonho e o Tunico já são papais e terão de estar com os filhos. Analimar está em Salvador, Tinália e Maíra, em São Paulo. Eu vou pra Bahia participar do DVD do parceiro Nelson Rufino, que, sempre ao encontrar-se comigo, exclama: "Bênção, meu pai!".

Dedico esta crônica a todos os papais que cuidam bem dos seus filhos.

É o nosso dia, mas, para mim, os de agosto, que não é o mês dos desgostos, e sim de muitos gostos, é dia só do meu pai, Josué Ferreira, que está no Reino de Deus, o Pai Maior.

Meu velho não chegou a ficar velho (1905-1948). Era conhecido em Duas Barras como Seu Ferreira e lá todos admiravam aquele mulato trabalhador, de boa aparência, que gostava de andar sempre limpinho e bem vestido, dentro das suas possibilidades. Por isso, a maioria dos bibarrenses do seu tempo se referia a ele como "aquele mulato fino" ou "Professor Josué", por ter alfabetizado muita gente.Era apelidado também de "Seu Josué das Letras" ou "Seu Letrado"por seu gosto pela leitura

As alcunhas eram todas referentes à sabedoria do papai. Ele tinha uma cultura muito acima da média dos trabalhadores rurais e também superior à de muitos fazendeiros. Há um dito popular que afirma: "Em terra de cego, quem tem um olho é rei". E meu pai reinava na sua área porque, se no Brasil de hoje ainda há um número grande de analfabetos, imaginem no interior do Estado do Rio no fim da década de 1930 e início da de 1940, que é o tempo ao qual me refiro.

O patriarca dos meus Ferreiras tinha uma boa caligrafia e dominava bem as operações básicas da aritmética. Além de ser lavrador, fazia o papel de guarda-livros, uma espécie de contador das fazendas onde trabalhava. Era católico, não muito praticante, mas estudioso da *Bíblia*, sabia que no *Velho Testamento do Livro Sagrado* consta que o seu xará, o profeta Josué, foi o sucessor de Moisés encarregado de guiar o povo de Israel à Terra Prometida. Poucos brasileiros têm este nome bíblico.

Pai Josué era alegre e sorridente como eu. Creio que vem dele a minha queda pelo folclore, a veia artística e o gosto pela leitura, mas o meu jeito de ser é pura influência da minha mãe. Não convivi muito com o meu pai, pois quando ele se foi eu tinha apenas dez anos. Quando diziam que eu sou ele cuspido e escarrado, minha mãe, culta sem escolaridade, corrigia: Desculpem-me, mas o Martinho é o Josué esculpido em carrara, mármore branco.

Sonhar não custa nada

Luanda é uma cidade que amo. Na capita de Angola tenho muitos amigos como o parceiro Manuel Rui e o Dionísio Rocha; aquele da poesia e este da música. São dois cambas da antiga que me emocionam. Também o Sabu Guimarães, baterista do conjunto musical Os Cunhas e o grande artista da percussão Zé Fininho, que fez participação especial nos meus primeiros shows em Angola. Passaram-se mais de quarenta anos e o Zé Fininho continua o mesmo, apenas menos fininho, mas uma pessoa de fino trato.

É enriquecedor prosear com o grande Elias Diakimuaezu, rei do semba, principal ritmo angolano. Um fato interessante: O presidente da República de Angola, José Eduardo dos Santos, que iniciou a vida pública como músico, foi guitarrista do grupo que acompanhava o meu amigo Elias.

Salvador também é uma cidade amada e de muitos amigos. Fui para a Bahia cantar com o Nelson Rufino e foi bom demais. Ganhei um beijão da Ivete Sangalo, dei uma bicota na Daniela Mercury, abracei o radialista João Sá, que comandava o programa SamBrasil, na Itapuã FM. Dormi tarde e despertei com uma alvorada de fogos. Era Dia de São Roque.

No candomblé da Bahia, o santo é sincretizado com Obaluaiê, mas houve festança com banho de pipoca e tudo o mais, na Igreja de São Lázaro, que é Omulu na Umbanda. Pedi à produtora Hilda, que me assessorou, para me levar lá na igreja, mas não foi possível porque havia muitos católicos devotos de São Roque e candomblecistas filhos de Omolu rezando e cantando juntos e, como não havia mais tempo para montar um esquema, não conseguimos ir. Então fui comer moqueca.

Depois da maratona África-Bahia, o bom mesmo foi pegar a estrada pra Duas Barras e ficar lá na roça, quietinho.

Gosto muito de viajar.

Alô, amigos! Um bom sonho de consumo é cruzar os mares atravessando as nuvens e o dinheiro mais bem gasto é com viagens. O que a música me propiciou de melhor foi o conhecimento adquirido nas minhas andanças.

E você, meu leitor, se tem um sonho de ir a uma cidade em outra região do País, não abra mão. Planeje! Economize! Todos podem economizar, nem que seja de pouquinho em pouquinho. Aproveite uma boa ocasião e realize seu sonho. "Sonhar não custa nada", disse um samba da Mocidade, e Luther King, um dos maiores líderes da história de luta dos americanos, sempre exortava seus seguidores dizendo: "Sonhem! Sonhem mais!" Mais e mais. Todo sonho é possível, mas quem não sonha não realiza.

Boas viagens e bons sonhos!

Ah! Se eu tivesse nascido no tempo do Noel!...

Eu amo e sempre amarei a cidade de São Sebastião do Rio de Janeiro, do jeito que ela estiver. Claro que sempre desejamos melhorias, mas, quando se ama, coisas ou pessoas, devemos amar do jeito que são. Gosto do Rio de hoje, mas viajei mentalmente para um passado distante e balancei um pouquinho. Balancei porque concluí que gostaria de ter vivido no tempo do Noel Rosa.

Ei! Por favor, meus leitores, não pensem que desgosto do Rio de hoje. A nossa cidade continua maravilhosa como escreveu o compositor André Filho, e é o melhor lugar para se viver.

Sem sombra de dúvida "foi juntinho ao Corcovado que Jesus Cristo nasceu", como escreveu o Poeta da Vila.

Porque será então que eu gostaria de ter vivido no tempo do Noel?

É que, se eu tivesse nascido uns 15 anos antes, teria pego todo aquele período fértil da vida cultural do Rio e também estaria vivenciando tudo que acontece nos tempos atuais, porque eu estaria inteirinho como hoje. Alguém duvida?

Foi nas décadas de 1920 e 1930 que a música brasileira, praticamente, floresceu. O Carnaval se firmou, blocos foram transformados e surgiram as primeiras escolas de samba: Estácio, Mangueira, Portela...Ao mesmo tempo o chorinho e o samba-choro se afirmaram, com Pixinguinha sendo o grande nome da música carioca da época. O rádio chegou ao Brasil, ou melhor, ao Rio de Janeiro, onde foram instaladas as primeiras estações e feita a primeira transmissão pela Rádio Roquette Pinto.

O maxixado *Pelo Telefone*, que oficialmente foi o primeiro samba gravado, tomou conta do rádio, e grandes nomes da nossa música são daquela época e eu convivi com alguns:

Donga, Pixinguinha, João da Baiana, Ismael Silva, Cartola, Heitor dos Prazeres, Sinval Silva, Braguinha, Dorival Caymmi... Como gostaria de ter conhecido o Orestes Barbosa, de *Chão de Estrelas*; o Freire Júnior, de *Malandrinha*; o Sinhô, de *Jura*, que tem o verso amoroso: *Daí então dar-te eu irei um beijo puro na catedral do amor.*

A década de 1930 deve ter sido realmente encantadora. Nela foram criadas *As Pastorinhas, Aquarela do Brasil, Carinhoso, Noite Cheia de Estrelas, Camisa Listrada*. Tudo músicas que se canta até hoje com sucesso, inclusive a carnavalesca *Balancê*, regravada pela Gal Costa.

Se eu tivesse nascido naquele tempo, teria brincado nas batalhas de confete de Vila Isabel e com toda certeza teria sido um dos parceiros do Noel Rosa, se o autor de *Cidade Mulher* tivesse vivido por mais uns poucos anos.

Feliz saudade

Em tempo de férias escolares o que a meninada mais quer é "botar o pé na estrada".

"Simbora" rapaziada! Dedico esta crônica a todos os estudantes do Brasil e desejo boa sorte aos viajantes.

Não gosto de viajar sem ser para cantar ou palestrar, porque a trabalho estou sempre nos aeroportos ou nas estradas. Acontece que minhas crias menores (Preto e Alegria) estavam de férias e a mãe queria viajar com eles. Querendo ou não, tenho de ir. Então comecei a planejar: primeiro pensei na Costa Azul, a Côte d'Azur.

Já andei por lá, mas não vou há anos e seria uma boa voltar à Riviera Francesa. Pegaríamos um voo direto para Paris, passaríamos na Cidade Luz e depois iríamos a Nice, a mais turística da França depois de Paris. Daríamos boas voltas pela bela cidade, um giro de barco pela Baía dos Anjos, iríamos ao Principado de Mônaco, que é pertinho. Aí alugaríamos um carro e percorreríamos margeando o Mediterrâneo...

Quando pretendemos viajar não devemos fazer muitos cálculos, e eu fiz, computando inclusive as despesas com alimentação e traslado. Em conversa com a mulher, concluí que é muito dispendioso passar dez dias na Europa com quatro pessoas, mesmo com hospedagem em hotéis modestos. Então pensei: "Há tantos lugares bonitos neste nosso imenso Brasil. É melhor e mais confortável descobrirmos novos atrativos por aqui".

Veio logo à minha mente a Região Sul, em particular o Rio Grande com a majestosa Serra Gaúcha, e coloquei em discussão.

Não agradei. "Já estivemos lá", disseram quase em uníssono.

Então propus algum lugar da Região Central: Mato Grosso do Sul (Bonito, que bonito!), Mato Grosso (que fantástica a Chapada dos Guimarães!), Goiás (que saudáveis são as águas de Caldas Novas!), Tocantins (palmas para Palmas!).

Eu falava com eloquência e os três — Preta, Preto e Alegria — só me olhando, sem empolgação.

Aí o Preto me aparteou, com firmeza, dizendo que em caso de passear no interior, melhor seria ir para Duas Barras. Alegria achou ótimo, também gostei da ideia, mas a Pretinha lembrou que nesta época na Região Serrana do Rio chove muito e as noites são frias. Disse que gostaria de ir para um lugar praiano e quente como o Nordeste.

Pois é, amigos leitores! É difícil decidir democraticamente, mesmo em família.

Só depois de muita confabulação, chegamos a um consenso: Fernando de Noronha, um paraíso verde com muitas praias.

Fomos e voltamos felizes.

Conversa carioca

Passei duas boas horas no Instituto Brasileiro de Arquitetura numa conversa sobre a cidade do Rio de Janeiro no seminário ali realizado mensalmente e intitulado Morar Carioca.

De um lado estava o professor Antônio Cícero e, do outro, o jovem cineasta Cadu Barcellos. O encontro foi mediado pelo jornalista Sidney Rezende e o tema principal foi a urbanização das favelas e a adequação da nossa cidade para se viver melhor.

Para começar, falei da minha satisfação de estar naquela casa de artistas da prancheta e falei, de brincadeira, que a autoestima do carioca estava em alta, graças ao futebol.

A plateia, formada em sua maioria por arquitetos, riu sem entender. Não se lembraram de que o vencedor do Brasileirão daquele ano foi o Flamengo, que o atual é o Fluminense e que o Vasco era o campeão da Copa do Brasil.

Sem ser interrompido, eu disse que por causa das imposições e exigências da Fifa e do COI, o Poder Executivo do Brasil, em particular do RJ, iria fazer grandes melhorias, inclusive nos morros.

Aí o Sidney passou a bola para o Cadu, que mora no Complexo da Maré. Ele falou das suas atividades, da sua comunidade, de como vivem, e disse que agora tem condições de sair dela, mas que pretende ficar por lá.

Fiquei impressionadíssimo com este rapaz de 23 anos, seguro nas suas colocações e com uma consciência social incrível. Cadu foi um dos diretores do filme *Cinco X Favela — Agora Por Nós Mesmos*, que participou do Festival de Cannes, na França.

Como poeta que é, Antônio Cícero, com belas palavras, deu uma aula inesquecível sobre a diferença entre comunidade e favela, ressaltando a importância da integração e os males do isolamento.

O que o IAB buscava com os debates é ter opinião diversificada sobre a melhor maneira de urbanização e o mediador Sidney Rezende, depois de uma bela explanação, franqueou a palavra ao público presente. Algumas sugestões foram anotadas e falou-se sobre organização, administração, remoção, conscientização e respeito às normas.

Eu falei que fui criado em favela, morei no morro por muito tempo e afirmei que suas principais características são: solidariedade e liberdade. No morro, se uma vizinha não gosta da outra e nem se falam, mas se uma delas está sem pó para o café e manda uma filha pedir um pouquinho emprestado, a vizinha manda. E se um chefe de família está sem crédito na tendinha para comprar qualquer coisa, recebe amigos de fora e manda um filho pedir umas cervejas no fiado, dizendo que o pai está com visita em casa e sem nada para oferecer, a conta é reaberta. Também disse que se em um barraco há alguém que tem de acordar cedo para ir trabalhar, e está rolando uma cantoria barulhenta no vizinho, não reclama, porque não se deve interromper alegrias. Falei que leis e normas na cidade devem ser aplicadas com prudência, por causa dos excessos de proibições.

Para terminar, descontraidamente, afirmei que há países desenvolvidos, mas com alto índice de suicídios e com cidades muito organizadas, porém chatíssimas.

A gargalhada foi geral.

Peitos e mamas

Uma notícia que me dá muita satisfação é alguém me dizer que leu um livro meu por inteiro, pois conheço muita gente que jamais leu um livro todinho sem obrigação, apenas pelo prazer da leitura. Outra alegria é a de receber uma mensagem de qualquer pessoa que diz ser leitor de crônicas minhas, tece comentários e sugere assuntos para eu dar a minha palavra de sambista.

O poeta Hermínio Bello de Carvalho mandou-me um e-mail dizendo-se leitor assíduo das minhas crônicas dominicais. Fiquei muito feliz e agradeci.

Indiretamente ele me falou da importância da imprensa, da boa informação e de determinados tabus que devem ser quebrados, como o câncer de mama. Concordei, mas argumentei que há também escrúpulos sobre os males da próstata. Disse-lhe que nunca vi uma campanha forte de prevenção como a que estava sendo veiculada sobre os tumores mamários.

Ele concordou em parte, porém frisou que estava se referindo ao câncer de mama em homens. Isto mesmo, CÂNCER DE MAMA EM HOMENS.

Eu nem sabia que corria tal perigo, tremi na base e perguntei no popular: "Não me diga que você está pegado, tá?"

Resposta: "Graças a Deus não mais. Me cuidei e estou curado, embora mantendo o controle".

Fiquei feliz por ele e fui me informar sobre o assunto. Então soube que até pouco tempo acreditava-se que só mulheres de uma certa idade podiam desenvolver o câncer de mama. Esta colocação não é verdadeira e, por falta de informação, homens e moças cada vez mais jovens deixam este mal se agravar. Portanto, amigos, cuidem-se! As formas mais eficazes para detecção precoce são o autoexame das mamas, a inspeção clínica e a mamografia.

Para desanuviar, aqui vai uma poesia do Hermínio que não tem nada a ver com seios masculinos ou femininos, mas coube como uma luva numa música minha:

Lua feita de fustão
As estrelas de Morim
Presas no aquário de um céu mercenário
Que tudo só quer pra si
Flautas, violões, luar
Se desvaira o coração
Uma voz pungente calma, quase rouca
Apregoa uma canção
A canção me soa antiga, chora qual um bandolim
E eu vejo um biscuit de louça
Na trança da moça como um trancelim
A moça me trança, me laça
E da boca exala um cheiro de jasmim
Abre-me o seu jasmineiro, faz-me de seu curumim
Se entrega como esposa nova
De véu e grinalda em bolhas de carmim
E a lua bem cumplicitiva
Majestosa aumenta a fantasia em mim.

Viva Piraí!

Aconteceu em Piraí, cidade bucólica do nosso estado, um encontro literário intitulado Piraí Artes e Leitura, patrocinado pela prefeitura, cujo prefeito, o Tutuca, eu conheci no Detran, apresentado pelo Hugo Leal quando era o presidente do departamento de trânsito. O Tutuca e o Hugo muito me ajudaram nas negociações para aquisição do espaço onde hoje é a quadra de ensaios da Unidos de Vila Isabel.

Em Piraí participei de uma conversa poética e musical em conjunto com o poeta Ferreira Gullar, num auditório totalmente lotado. Foram duas horas muito envolventes, pois o xará Ferreira falava de coisas sérias sorrindo, estratégia de comunicação que torna uma palestra divertida e agradável. A nossa conversa foi intermediada pelo professor Júlio Diniz, idealizador do evento.

Antes de nós, participaram o poeta Affonso Romano de Sant'Anna, o músico e compositor Danilo Caymmi, a jornalista Stella Caymmi, o escritor Antônio Torres e o pianista Arthur Moreira Lima. Depois se apresentou a atriz Bia Bedran e o professor Júlio, que é diretor do Departamento de Letras da PUC-Rio, que encerrou o evento.

Piraí fica a poucos quilômetros do Rio, logo ali, depois da Serra das Araras. É a terra das macadâmias e da tilápia, o pescado do milagre dos peixes.

Uma historinha interessante: estive em Israel e vi na porta de um restaurante escrito em hebraico KtseHaNachal. Em outro, este mais turístico, anunciava-se também em inglês: wehavefishthe Saint Peter.

Curioso, com ajuda do meu livrinho de inglês para viagem, pedi um prato. Preparei-me para degustar algo diferente e, para minha surpresa, nada mais era que a nossa saborosa tilápia, especialidade de Piraí.

Quanto à macadame, que eu não conhecia, é uma árvore oriunda da Austrália que dá um fruto calórico e antioxidante, do mesmo nome. A noz-macadame é usada como petisco, em sorvetes, doces e na culinária em geral. Comi macadame na tilápia, na traíra sem espinha e no tucunaré. Uma delícia!

Igual a quase todas as cidades interioranas, Piraí tem um povo acolhedor e cativante. Logo que a minha agenda permitir, e se Deus quiser, irei banhar-me no piscoso rio Piraí.

Banana

São Tomé é o santo do "ver para crer, ou melhor, tocar para crer". A história deste santo é confusa. Dizem que ele e Judas são o mesmo apóstolo. Qual Judas? O Escariotes ou o Tadeu? Já foi escrito até que ele era filho de Jesus. Com a palavra, os católicos praticantes, pois eu fico embananado, mesmo sem comer banana. E olhem que eu como banana diariamente, mas só gosto de banana prata. Aprecio também a ouro, mas esta não é encontrada sempre nos mercados, nem mesmo nos hortifrútis.

Não gosto de comidas adocicadas, mas uma bananinha cortada em rodelas num arroz com ovo é muito bom. Banana com canela, como sobremesa, também é uma delícia. Por falar em bananas, uma vez eu vi, na televisão, a cena chocante que foi a de uma jogada por um torcedor russo no Roberto Carlos. Em sinal de protesto o futebolista saiu do jogo sem dar uma banana com o braço. Eu também me senti agredido. É o racismo no futebol, assunto que já abordei e em relação ao qual o leitor Noel de Carvalho fez um comentário interessante sobre o meu artigo intitulado "Escapou de Branco Preto É", no qual eu escrevi que o Vasco da Gama foi o primeiro clube a protestar contra o racismo.

Banguense fanático, meu leitor escreveu-me para esclarecer que o Vasco não é o único pioneiro na luta contra a discriminação do negro no futebol e comentou: "O jornal *Gazeta de Notícias*, em 14/05/1907, noticiou que o Bangu abandonara a Liga Metropolitana, motivado pela atitude racista tomada pela Liga que em reunião resolveu que não fossem registrados, como atletas amadores, as pessoas de cor". Disse também que na mesma *Gazeta*, em 30 de abril de 1916, o presidente do Bangu, Noel de Carvalho, seu avô, expressava sua opinião contra a lei altamente preconceituosa que a Liga Metropolitana pretendia implantar.

Valeu, Noel, de Bangu! Pena não ter espaço para reproduzir tudo que você me escreveu. Voltando ao assunto da bananada no Roberto Carlos, a imagem me chocou tanto que eu sonhei com a Copa do Mundo de 2016. No meu sonho a taça mundial estava se realizando em Moscou e a seleção russa foi eliminada, na primeira fase, por uma seleção de negros africanos e todos os racistas enfartaram.

Eu não desejo a morte de ninguém, mas acordei sorrindo. Se eu fosse o Roberto Carlos, não sairia de campo como ele saiu, que é o que o torcedor racista queria. Eu pegaria a banana arremessada, descascaria sorrindo e comeria calmamente, como fazia o nosso Gustavo Kuerten que, nos intervalos de partidas de tênis em plena Europa, degustava, com dignidade, uma banana d'água de dar água na boca.

Bravo, Guga!

Balão sem fogo

No dia de Santo Antônio e aniversário do meu filho Antônio João e Pedro, eu escrevi dizendo que ia procurar uma festa junina e recebi um monte de convites. Falei que elas estavam escassas, mas me enganei. No Rio de Janeiro, no mês de junho, os cariocas se divertem nos arraiás dançando forró. Falei lamentosamente em uma rádio sobre os balões e recebi uma porção de mensagens dos saudosistas, solidários comigo por não poder soltar nem um pequenino japonês.

Aí um antigo baloeiro mandou-me o seguinte e-mail: "Grande Martinho: faço este ano 60 anos. Minha infância foi toda voltada ao balão junino. Até depois da infância (risos) continuei fazendo. Participei de várias Turmas de Baloeiros na década de 70/80, mas os balões eram menores, não eram os gigantes que se veem hoje. Eu parei de fazê-los, mas a minha admiração pelos balões está no meu sangue, não morre nunca. Sonho com o dia em que eu poderei, de novo, alegrar a minha rua com balões de várias cores e vários desenhos. Até pouco tempo esse sonho parecia impossível, mas, hoje, apareceu uma luz no fim do túnel. Não sei se você sabe, mas existe uma corrente de baloeiros fazendo o balão sem fogo. É o mesmo tipo de balão, porém sobe sem bucha, só com o calor do maçarico. Sem bucha, sem fogo e sem causar incêndios. Em janeiro passado houve uma grande festa no Clube Mauá de São Gonçalo, onde vários balões foram lançados ao ar. Balões estes que cruzaram até estados, sem perigo algum. Segue abaixo o link de um vídeo no YouTube, para você ver como foi a festa.

Gilberto Gil se reuniu com os representantes da SAB-RJ, tomou conhecimento do que está sendo feito, e se comprometeu a ajudar-nos. Esperamos também contar com sua ajuda. Obrigado e um forte abraço de um fã seu. Fabio Machado". Jocimar Valuci, de Mogi das Cruzes-SP, também leu a minha crônica e me convidou para o 2º Festival de Balões Ecológicos do Estado de São Paulo, onde é mantida a tradição soltando-se balões inofensivos.

Oi, Fabio! Oi, Jocimar! Se souberem de algum lugar aqui no Rio de Janeiro em que vá haver festa junina com balão sem fogo, por favor, me avisem.

O dia de São João, o santo junino mais festejado, certamente terá a noite mais fria do mês na Região Serrana e eu vou para Duas Barras me aquecer numa fogueira.

As festas juninas bibarrenses não param no dia de São Pedro. Os festejos não param. Vão até 26 de julho, dia de Santa Ana, avó de Cristo.

Cuidado com os fogos, minha gente!

Domingo dos namorados

O dia mais propício para se falar de amor é o dia dos namorados. Todos os colunistas dominicais, inclusive eu, deveríamos dissertar amorosamente sobre a afeição mais profunda do ser humano.

É sempre bom falar de amor. Criar uma história emocionante num romance, escrever uma letra de música apaixonante, fazer uma poesia amorosa.

Dedico esta crônica à minha namorada, Cléo, com os sons de um samba:

Eu quero você na minha veia porque você é meu sangue
Desejo ser seu sem engodo
Ser o vegetal do seu lodo e você a flor do meu mangue
Você é uma lua cheia que no meu céu descamba
Porém não é só minha musa
Na minha cabeça cafuza você é o meu próprio samba
Riqueza da minha rima
E verso da poesia
Gostosa gastronomia
A minha ideologia
E de Olorum obra-prima

Eu deveria ocupar todo o meu espaço com amorosidades, mas não posso deixar de abordar um assunto, que muito me alegrou, porque colocou o Rio de Janeiro ainda mais na frente, com relação a ações afirmativas para a inclusão social — As cotas raciais foram iniciadas na UERJ e o governador Sérgio Cabral assinou o decreto que cria cotas de 20% para negros e indígenas em concursos públicos para órgãos do Poder Executivo e entidades da administração do Estado do Rio. O amigo Cabral disse que "a paisagem do serviço público brasileiro vai começar a mudar a partir do nosso Estado. Queiramos um dia que essa política não seja necessária (...)".

Espero que o decreto influencie as organizações privadas, pois, por incrível que pareça, há muitas empresas que não empregam negros.

Outro assunto que não posso deixar de lado ao escrever esta crônica, embora não tenha nada a ver com o dia dos namorados, é o futebol carioca que esteve muito bem em 2011. O Fluminense foi o campeão do Brasileirão e o Vasco levantou a Copa do Brasil. Fernando Prass, Élton, Eduardo Costa, Rômulo, Dedé, Jumar, Felilpe, Alessandro, Márcio Careca, Anderson Martins, Bernardo, Felipe Bastos, Fagner, Diego Souza, Alessandro, Ramon, Allan e Éder Luiz, liderados pelo Ricardo Gomes, entraram para a nossa história. Vascooooo!!!!

Vamos todos cantar de coração
A cruz de malta é o meu pendão
Tu tens o nome de um heroico português
Vasco da Gama, a tua fama assim se fez
Tua imensa torcida é bem feliz
Norte e sul, norte e sul deste país

Tua estrela, na terra a brilhar
Ilumina o mar
No atletismo és um braço
No remo és imortal
No futebol és o traço
De união Brasil-Portugal

Agora, vamos ganhar tudo: O Brasileirão, a Libertadores e o Mundial de Clubes. Bem, pra terminar, vou agora comprar um presente para a enamorada Preta, num shopping da Barra da Tijuca. Será que serei atendido por uma negra?

Feliz Dia dos Namorados pra todo mundo!

Viva Santo Antônio, São João e São Pedro!

Quando eu era rapazola, ficava feliz ao chegar o mês de junho. Dos 12, o sexto era o que eu mais gostava. Era o mês mais alegre do Rio de Janeiro. Em quase todas as noites o céu ficava infestado de balões com muitas lanterninhas. Em sua maioria os luminosos de papel fino eram do tipo tangerina ou charuto, alguns soltando fogos de artifício. Durante o dia vislumbravam-se os balões caixas, peões, estrelas, cruzes... Era lindo.

Eu sei, ou melhor, sabia, fazer de todos os tipos. O mais difícil era o cruz e depois o estrela. Os caixas também não eram fáceis e, por não serem muito bonitos, eram adornados com fitas. Muitos balões subiam e desapareciam nas nuvens. Uma infinidade de balões se via no firmamento com mais profusão nos dias de Santo Antônio, São João e São Pedro. Não se tinham notícias de incêndios porque a grande maioria não subia muito e caía apagada, ou quase. Como era bom correr atrás de balões, pegar e soltar. As buchas eram feitas de estopa com sebo, breu ou espermacete, umedecidas com querosene ou álcool.

Depois surgiram os grandes baloeiros com artefatos enormes, perigosíssimos e vieram as proibições. Hoje em dia não se pode soltar nem o pequeno balão japonês.

E como eu gostava de festa junina! Havia muitas. Soltavam-se muitos foguetes: busca-pés, estalinhos, estrelinhas, rodinhas giratórias... Bombas cabeça de negro e morteiros eram um tanto perigosos. Em todos os dias havia arraial em alguma rua dos bairros com música junina, quadrilha e casamento caipira. Nas fogueiras assava-se batata doce, aipim e bebia-se quentão, uma mistura de cachaça com açúcar, temperada com gengibre, canela e servida quente. Servia-se também quentão de vinho de garrafão fervido com cravo-da-índia, canela e gengibre.

A festa melhor de todas, de Vila Isabel, era a da Rua Petrocochino, que era enfeitada com bandeirinhas, da esquina da Torres Homem até o Morro dos Macacos. Lá em cima, num lugar chamado Terreirinho, é que acontecia o ponto alto da festa. Em um canto afastado, era erguida uma fogueira, pequena, para não atrapalhar a dança da quadrilha seguida de baile ao som de baião, xaxado, coco e xote. Quem patrocinava eram os contraventores da área e alguns comerciantes. Também a diretoria da Unidos de Vila Isabel.

Alô, povo da Vila! O momento está propício para reviver e festejar.

A diferença em relação às outras festas é que nas de lá do morro havia churrasco. A cerveja era fornecida pelos bares do bairro e tudo era servido de graça.

Lamentavelmente, em toda a Cidade de São Sebastião

do Rio de Janeiro, os folguedos de junho estão mais escassos e menos característicos, mas ainda acontecem em algumas vilas ou condomínios.

Quem sabe organizar bem uma festa junina é a minha amiga e grande cantora Alcione. Todos os seus convivas tinham de ir vestidos a caráter, mas valia improviso. Uma vez eu e a Mart'nália nos fantasiamos tanto que nós mesmos não nos identificamos de cara e as pessoas só nos reconheciam pelas vozes.

Era bom, muito bom.

O descanso do guerreiro

Cumpriu bem sua missão na Terra o negro intelectual que teve seu nome na lista de candidatos ao Prêmio Nobel da Paz. Foi ator, pintor, escultor, poeta e autor de várias obras literárias. No campo político ocupou posições importantes. Um dos fundadores do PDT, com Leonel Brizola, elegeu-se deputado federal. Dedicou grande parte da sua vida à luta contra o preconceito racial e no Congresso Nacional proferia discursos contundentes: "Enquanto não houver igualdade, sobretudo nos meios de comunicação e na educação, e enquanto a voz das instituições que apresentam uma outra versão da História que nos foi imposta não tiverem eco, o Brasil não tem o direito de declarar-se uma nação democrática! De maneira nenhuma!"

No Dia da Consciência Negra, bradou: "A comunidade negra tem que ser fiel a si mesma, fiel aos seus antepassados, fiel à história de nossas lutas (...) por seus direitos. É preciso dar continuidade à grande luta de Zumbi dos Palmares. O direito está a nosso favor. Os orixás estão nos prestigiando e nos amparando. É nossa beleza. É nosso futuro".

Foi suplente do senador Darcy Ribeiro e, quando este foi deslocado para a Secretaria de Cultura do Rio, assumiu a função e assim, tornou-se o primeiro negro Senador da República. Eloquente tribuno, no Senado, não caía nos ardis para mantê-lo distante dos microfones. Manteve o mesmo ímpeto: "Quando eu era deputado federal e falava em políticas públicas para atenuar a desigualdade racial no Brasil, só faltaram me enjaular".

Questionado por um companheiro sobre as ações afirmativas, disse ser favorável à adoção das cotas para negros, inclusive no governo, e falou sobre as antigas dificuldades de sua militância: "Não era como agora, que temos tantas portas abertas. O momento atual é fruto dessa luta constante. Hoje em dia, acredito que o negro só não atinge tudo o que ele quiser se não for capaz de organizar-se e lutar por seus objetivos".

O negro Abdias Nascimento não morreu, desencarnou e, segundo a sua própria crença, renascerá. Em Angola, quando nasce um menino ou menina, reza-se em cantorias para que a criança consiga vingar, visto que o índice de mortalidade infantil lá é muito grande. Se alguém "desconseguiu" ainda jovem (isto mesmo, é assim que falam de alguém que não conseguiu sobreviver), apenas se lamenta e chora. Quando o morto é adulto, os amigos fazem um comba, isto é, cantam e batucam para afastar a tristeza. Quanto mais velho e importante o falecido, maior o comba. Acredita-se que o falecido vai renascer em outro corpo.

Há combas de três dias, sete e até 21... De acordo com a importância.

Se o guerreiro Abdias, carioca nascido em Franca-SP, tivesse vindo ao mundo na África, seu comba, provavelmente, seria de um mês.

Mãe é coisa de Deus

Minha Preta, supermãe do Preto e da Alegria, me trata como a um filho.

Em um Dia das Mães, ofereci a ela uma poesia-música, *Mulher Mãe das Mães*, do Luiz Carlos da Vila, gravada no meu CD *Coisa de Deus* que começa assim:

Mulher sempre fêmea da alma que é gêmea,
A nossa senhora do segundo as horas.
A mãe natureza se rende à beleza dessa mãe-mulher.
É ela a bela mulher Cinderela, estrela que vela a luz das manhãs.
A obra primaz que faz e refaz
Quem ao mundo traz

Com a ajuda do parceiro Beto Sem Braço, fiz o samba *Pra Mãe Tereza* e cantei para ela, saudoso e feliz:

Coração de mãe não se engana, a voz do povo é que fala
É a própria energia que emana é o perfume que exala
É a caixa e o segredo, o clarão que mais clareia
É a bomba que bombeia o sangue pra minha veia
Foi a Mão de Deus que lhe lapidou
Pra amar seu filho do jeito que for

Era um deleite deitar a cabeça no colo da minha mãe e escutar o seu coração que jamais se enganava. Gostava muito também de ouvir a sua voz, firme nas decisões, mas sem perder a suavidade. Mamãe trabalhava lavando roupas e cantando baixinho ou assobiando de leve.

Muitas vezes sonho acordado com ela, que deve estar no Céu, junto com Dona Carolina da Conceição, mãe do negro poeta catarinense Cruz e Souza, que ganhava a vida lavando roupa. Assim como Dona Leopoldina de Assis, que batia roupas nos tanques para moldar o carioca Machado, nosso literato maior, fundador da Academia Brasileira de Letras.

Como elas, Tereza de Jesus, que tem "Memórias Póstumas", se virava nas tinas e nos ferros de passar para ajudar meu pai, Josué Ferreira, a me sustentar e alimentar as manas Deuzina, Nélia e Maria José, com a ajuda da Elza, minha irmã mais velha.

Quando meu pai se foi eu era pequeno e, graças a Deus, fui muito bem criado e paparicado pela matriarca que incutiu em mim o sentimento de união familiar. Todo o meu jeito de ser, de encarar a vida, de resolver problemas, de ser perseverante, de superar as dificuldades, ser tolerante até certo ponto e lidar com diferentes pessoas, devo à minha mãe.

Salve Tereza de Jesus Ferreira!

Devo também, muito, à Cleo, que me cuida todinho, inclusive da minha saúde. Aprendi com ela a controlar os excessos.

Viva Clediomar Correa Liscano Ferreira!

Avante, trabalhadores!

No passado o Dia do Trabalhador era muito festejado. O problema é que sempre vem à mente o atentado do Riocentro. Participei do evento no ano anterior e naquele dia fatídico não estava lá porque cumpria um compromisso fora do Rio, mas fiquei de pernas bambas ao saber do acontecido.

Ficando no hoje, afirmo que tenho imenso prazer em trabalhar e labutei nas mais variadas tarefas desde pequeno. Aprendi com minha mãe que todo trabalho honesto é honroso. Fui empregadinho doméstico, faxineiro domiciliar, fretista de feiras, vendedor ambulante, auxiliar de químico farmacêutico, soldado do Exército. Muita gente não sabe, mas soldado é um trabalhador assalariado. Fui também cabo burocrata, sargento escrevente e contador.

Virei artista, mas trabalho muito, embora às vezes cante o *Samba do Trabalhador* (ocioso), composição do Darci da Mangueira:

Na segunda-feira não vou trabalhar, na terça não vou, pra poder descansar
Na quarta preciso me recuperar, na quinta eu acordo meio-dia, não dá.
Na sexta viajo pra veranear e no sábado vou pra Mangueira sambar
Domingo é descanso, eu não vou mesmo lá
Mas todo fim de mês eu chego devagar, porque é pagamento não posso faltar.
Quando chega o fim do ano, vou minhas férias buscar
E quero o décimo terceiro pro Natal incrementar.

Escrevo, mas o meu principal ofício é cantar, transmitir alegria. Na lida, provoco emoções, me emociono e dou o meu recado, como em um samba-enredo que fiz com o Leonel e a Ivanízia, sobre o trabalhismo no Brasil:

Avante, trabalhadores do Brasil.
Este samba traz à memória a sua história.
No trabalhismo o índio foi precursor nas lutas de um povo tão laborador Contrariando o branco que surgiu, se rebelou contra a escravidão
Tiveram de ir buscar no além-mar o negro que muito suou por esta Nação
Malês evocaram o grande Alá, quilombos simbolizaram a liberdade
Mas até hoje a maioria luta pela igualdade
O imigrante chegou, pra trabalhar nosso chão
E a classe operária exigiu direitos de cidadão
E sopra um vento lá do sul pra clarear
Traz um alento e esperança pra sonhar
No embalo de um sonho de conquistas
Surgem as Leis Trabalhistas
Na migração nordestina, triste vida Severina
Mas com o candango o Brasil cresceu e Brasília nasceu
Em plena opressão o trabalhismo, em rebeldia
Impulsionou a democracia
Ó Divino Espírito de Luz! Alavanque este País!
Nosso povo trabalhador só quer paz pra ser feliz

Ovos de Páscoa e coelhinhos

Domingos de Páscoa é dia de confessar e comungar. Muitos católicos comungam e não sabem que a Páscoa é a celebração da ressurreição de Jesus Cristo. Dia de se comungar.

Eu fiz a minha Primeira Comunhão com sete anos de idade, num dia 8 de dezembro, dia de N. S. da Conceição, padroeira da minha cidade natal, Duas Barras.

Para comungar pela primeira vez, se estuda o catecismo e eu cursei com a Dona Margarida, uma negra que, pelas costas, era chamada de 'Margarida Padre'. Também a chamavam de "Margaridão", porque era alta e forte. Ela catequizava as crianças das Serras dos Pretos Forros, na Boca do Mato, morro onde eu fui criado.

Tornei-me católico praticante e entrei para os Cruzados Eucarísticos, grupo de jovens católicos que usavam uma faixa amarela com uma cruz azul que os distinguiam nas missas e solenidades eucarísticas. O grupo organizava eventos afim de conseguir fundos para fazer excursões e a minha primeira viagem foi para o santuário de N. S. Aparecida. Inesquecível. No trem da Central do Brasil, havia muita animação religiosa, isto é, rezávamos o Pai Nosso, a Ave Maria, a Salve Rainha e o Credo de uma maneira alegre, bem como os cânticos sacros. Gosto de relembrar esta minha primeira viagem. Não sai da minha mente a emocionante chegada à Aparecida junto com milhares de pessoas cantando o hino da Virgem de Fátima:

A treze de maio
Na Cova da Iria
No Céu Aparece
A Virgem Maria

Estranhei sem comentar. Só muito depois eu entendi que mesmo com a imagem da brasileira sendo preta, é a mesma da portuguesa branca.

A de Fátima apareceu para os três meninos pastores, Joaquim, Jacinta e Lúcia, aos quais confiou três segredos. A de Aparecida para um pescador que dividia a pesca com os pobres.

Já estive em Fátima algumas vezes, inclusive no mês de maio, no meio de milhares de fiéis de todos os cantos da Europa, e é um sonho meu voltar à Basílica de N. S. Aparecida num dia 12 de outubro (vai ser complicado) para acender umas velas para as minhas Santas Almas Benditas e cantar defronte ao Santuário:

Viva a Mãe de Deus e Nossa
Sem pecados concebida
Viva a Virgem imaculada
A Senhora Aparecida

Mesmo para os não católicos o Domingo de Páscoa é especial porque devemos demonstrar o nosso apreço mimando parentes e amigos com ovos de chocolate e presentear a pessoa amada com um coelhinho da Páscoa.

Viva Dona Ivoneee!!!

A Dama do Império Serrano, Dona Ivone Lara, toca um cavaquinho legal, samba bonito e me é familiar. Sua dança influenciou os passos de samba das minhas filhas Analimar, Mart'nália, Juliana e Maíra.

Cantora de muitos sucessos, é autora de um dos grandes sambas de enredo -criado em parceria com Silas de Oliveira e Bacalhau — o poético *Cinco Bailes da História do Rio*:

Carnaval, doce ilusão
Dá-me um pouco de magia, de perfume, fantasia e também de sedução
Quero sentir nas asas do infinito minha imaginação
Eu e meu amigo Orfeu, sedentos de orgia e desvario
Contaremos em sonho os cinco bailes na história do Rio
Quando a cidade completava vinte anos de existência, nosso povo dançou
Em seguida era promovida a capital, a corte festejou
Iluminado estava o salão na noite da coroação
Ali, no esplendor da alegria, a burguesia fez sua aclamação
Vibrando de emoção
Que luxo! A riqueza imperou com imponência
A beleza fez presença condecorando a Independência
Ao erguer a minha taça, com euforia
Brindei aquela linda valsa já no amanhecer do dia
A suntuosidade me acenava e alegremente sorria
Algo acontecia
Era o fim da monarquia

Obra-prima. Gravei e dividi palcos com a mestra no exterior — Itália, França, Suíça, Argentina... Nos apresentamos na Dinamarca participando de um show sinfônico dirigido e regido pelo saudoso maestro Silvio Barbato.

No Festival de Montreux, eu a apresentei com um partido alto criado na hora:

Ivone Lara, Ivone Lara
Ivone Lara é fruta rara
É fruta rara, Ivone Lara
Tem sentimento profundo esta compositora, pessoa tão bela
Vou conclamar todo mundo a dizer o nome dela
Ivone Lara, Ivone Lara
É uma dama do samba e o seu coração é do Império Serrano
Tem elegância nos passos, o seu samba é soberano
Tocando o seu cavaquinho, emana um astral maravilhoso
E até sem acompanhamento ela canta bonito e samba gostoso
Dona Ivone é uma estrela que brilha no meu firmamento
Ivone Lara, Ivone Lara
Viajando pelo mundo é sempre aplaudida com merecimento
É fruta rara essa Dona Ivone Lara

Eu cantava, ela dançava, e o povo vibrava.

Fomos a Angola com o Projeto Kalunga, tive lá um problema de saúde e fui cuidado por ela que, antes de ser artista, foi enfermeira.

Viva Dona Ivoneeeeee!!!!!!

Obama deu samba

Quando o Barack estava concorrendo à presidência dos Estados Unidos, escrevi o artigo *"Obama vai dar Samba"*, republicado em redes sociais.

Vai dar samba é uma expressão popular que quer dizer "vai dar certo" e eu escrevi no sentido de "vai vencer, vai ser eleito" e deu samba.

Na ocasião fiquei pensando no Monteiro Lobato, autor de uma vasta literatura infantil. Criou também, dentre outras obras, o discutível *Negrinha* e o contestável *Jeca Tatu*, além do controverso *O Presidente Negro*, escrito com o objetivo de fazer sucesso na América do Norte. Deu azar, pois os editores americanos não quiseram publicar porque, naquela altura, os livreiros de lá estavam descartando obras com conotações racistas.

Decepcionado, nosso "gênio da literatura" escreveu de Nova York para um de seus amigos, o literato Godofredo Rangel, conforme publicou o jornalista Arnaldo Bloch: "Meu romance não encontra editor (...). Acham-no ofensivo à dignidade americana (...), errei vindo cá tão verde. Deveria ter vindo no tempo em que eles linchavam os negros".

Que absurdo! Gostaria que Lobato, adepto da KuKluxKlan, violenta organização racista americana, estivesse vivo para presenciar o encontro do primeiro preto dirigente máximo da América com Lula, no qual ele se referiu ao nosso presidente de origem operária dizendo "Este é o cara".

Quando veio ao Rio de Janeiro, discursando no Theatro Municipal Barack Obama deu um verdadeiro show.

Na Casa Branca recebeu com honras a Dilma Rousseff, única mulher Presidente do Brasil.

E nós? Será que um dia vamos ter um presidente negro?

Quando isso acontecer, não haverá mais necessidade da Lei de Cotas Raciais, nem de Secretarias de Integração Racial.

É um sonho.

Nasce uma estrela

Após grande show no Teatro Verano de Montevidéu, com os 4.600 lugares ocupados numa segunda-feira, viajei para São Paulo, onde fui receber premiação da importante Associação Paulista de Críticos de Arte. Ao chegar, me entristeci com a notícia do esperado falecimento do José Alencar, que abracei poucas vezes mas a quem admirava muito. Depois, me estarreci com as boçalidades do Bolsonaro. Que horror! Minha quarta-feira foi o melhor dia da semana porque encontrei os amigos Geraldo Carneiro, Rildo Hora, Hermínio Belo, João Donato, Joyce, Leila Pinheiro e muita gente boa num coquetel de lançamento do CD da minha filha, Maíra.

Caros leitores, é com prazer e orgulho que dou a ficha inteira dela: Maíra Freitas Ferreira, 24 anos, pianista clássica e popular, cantora, compositora... Graduou-se em música clássica na UFRJ. Estudou piano erudito com Maria Teresa Madeira, Luis de Moura Castro, Andrea Botelho e Elza Schachter. Como concertista, já tocou no Theatro Municipal do Rio de Janeiro, Municipal de Niterói, Sala Cecília Meireles, Centro Cultural Banco do Brasil, Sala Baden-Powell, Escola de Música da UFRJ, Conservatório Brasileiro de Música... Internacionalmente atuou na Bulgária, Canadá, Chile, Noruega, Alemanha, Argentina, Paraguai e Estados Unidos. Aprimorou seus acordes de piano popular com Cristóvão Bastos, Leandro Braga, Marcos Nimrichter e Sheila Zagury. Atua como vocalista comigo, Mart'nália e poucos outros, com sua simpatia e humildade, sempre sorridente com seus dentes que parecem as teclas brancas de um piano. Agora, com sua personalidade, seu timbre e seus dedos mágicos, lança-se em CD, que poderia ser intitulado Simplesmente Maíra. É o seu primeiro como cantora-pianista. Perguntada sobre os seus sonhos artísticos, respondeu que são "fazer as pessoas felizes, sensibilizá-las com a minha arte, tocar e cantar pelo Brasil e pelo mundo".

Então, vamos viajar seguindo os caminhos dos seus sons: na primeira faixa do CD, a sonoridade do Voo de Mosca anuncia que o show tem que continuar com o Maracatu Nação do Amor. Aí, graciosamente ela cria um Corselet sensual que dá Às Voltas pelo seu corpo com a ajuda do Quinho, seu parceiro cantador. Na sexta faixa ela aguarda um telefonema que finalmente chega para o seu Alô! Faz uma pequena pausa e dá o Recado, do Gonzaguinha, até entrar comigo em total Disritmia, completamente improvisada. Sóbria, ouve os ensinamentos do Monsieur Binot e os conselhos amorosos de Só o Tempo, do Paulinho da Viola. Com seriedade, pergunta Se Queres Saber se ainda te amo. Depois foge com o Chico Buarque de Holanda para um delicioso Mambembe sem abandonar o seu piano. Finalmente, Se Joga pra nós, sem palavras, cantarolando seu próprio som. Maíra é uma estrela que nasce e já começa a cintilar. Seus ouvintes serão admiradores que darão graças a Deus por ela existir.

Vou cair na folia

Domingo passado muita gente dormiu e acordou de vermelho e preto. Parabéns ao Mengo pelo título da Taça Guanabara, mas a Copa Rio vai ser do Vascão. Podem crer. Bem, estamos em pleno Carnaval e eu vou realizar o sonho de desfilar numa ala, descompromissado, brincando e cantando o samba-enredo sobre os mitos e histórias entrelaçadas pelos fios de cabelo, que fala de Sansão, Dalila, Rapunzel... E negros escravos que trabalhavam nas minas e escondiam ouro nos cabelos para comprar alforrias. O cabelo tem valores simbólicos em várias civilizações como na Índia, que explica o surgimento do universo através da tecedura dos cabelos da Deusa Shiva. Os compositores André Diniz, Leonel, Wladimir, Artur das Ferragens e Pingüim foram felizes na abertura: *Respeite a coroa em meu pavilhão/ A desfilar na Avenida carrega os fios de Isabel, da liberdade/ E minha vida, é a Vila/ O brilho, a raiz, a sedução.* O funcional samba termina fazendo alusão aos fios das nossas mulatas, com o refrão *Charme e tom sensual/ Moldaram a beleza do meu Carnaval/ Modéstia à parte, amigo, sou da Vila/ Quem é bamba não vacila/Envolvido em cabelos me sinto arrepiar/ Feitiço refletindo no olhar.* Pelo que vi no barracão, acredito que a talentosa carnavalesca Rosa Magalhães vai brindar o público com um dos seus mais belos trabalhos. Eu vou estar lá envergando uma bela fantasia.

Talvez eu seja o componente com o maior número de presença nos desfiles da Azul e Branco, colorida. Desde 1966, quando fui pra Vila, meus carnavais sempre foram tensos, mesmo quando eu canto e danço acenando para a galera dos camarotes, arquibancadas e frisas. Na maioria das vezes, estive na Ala dos Compositores, mas já saí puxando samba, na Harmonia, na Diretoria, como destaque representando Tom Jobim; travestido de João do Rio; de almirante, encarnando o João Cândido... Sempre com uma função. Como a de apresentar o casal mestre-sala e porta-bandeira, puxar a escola, mas nunca simplesmente pelo prazer de desfilar. Logo mais, pela primeira vez, vou me divertir. Da passarela vou direto para o aeroporto pegar um avião para Fortaleza, onde vou animar os foliões da Praia de Iracema.

O Carnaval de lá vai ser em homenagem ao compositor cearense Evaldo Gouveia, que, com seus parceiros Jair Amorim e Velha, fez dois sambas de enredo para a Portela, o antológico *O Mundo Melhor de Pixinguinha*, de 1974 e quatro anos após, *Mulher à Brasileira*. Descansarei dois dias numa praia do Nordeste torcendo pela vitória da Vila. De volta, na quinta-feira, talvez ainda pegue o Bloco da Kizomba e no sábado, com certeza, estarei no Desfile das Campeãs. Haja fôlego.

Alegria, alegria! É Carnaval

Domingo é o dia de que todos gostam, mas o trabalhador rotineiro prefere a sexta-feira. É muito bom ter uma semana cheia e as minhas são sempre plenas.

Nas semanas de Carnaval o Rio fica mais efervescente, mais alegre. Uma profusão de blocos e bandas toma conta das ruas.

O Carnaval de salão decaiu em muito, mas há alguns muito animados como os do Hotel Copacabana Palace, chique e descontraído.

Gosto de fazer show no Carnaval porque eu animo a festa, me divirto ao mesmo tempo e ainda ganho um "faz-me rir" que é como os meus músicos se referem ao cachê.

Quando não tem show eu digo para eles "Alegria minha gente! É Carnaval". Eu sempre desfilo na querida Unidos de Vila Isabel e, depois da folia, feliz eu canto, fantasiando:

Eu Brinquei demais nesse Carnaval
Desfilei na escola, pulei nos blocos e nos salões
Sempre agarradinho com o amor-bem
Acordei na praia, peguei o sol, namorei com a lua
Vi estrelinhas num quarto escuro
Quando acoplei com meu bem-amor.
Juntinho voamos para o infinito e de lá eu vi um mundo melhor
A vida é uma festa, alegria, paz e fraternidade.
Ah! Meu bem, que pena! Só foi um sonho de Carnaval
Mas se Deus quiser virá nova era e o amor é que vai reinar

O Carnaval do sambista carioca começa em fevereiro, nos ensaios técnicos da Marquês de Sapucaí e só termina no Sábado de Aleluia, com Desfile das Campeãs.

Na semana seguinte, as escolas de samba começam a planejar o enredo para o próximo ano.

Viva Beth Carvalho!
Vivaaaaa!!!

É muito bom passar uns dias em Duas Barras com a Preta, o Preto, a Alegria e minha irmã Elza. Meu compadre Paulo Rolim, que tem uma fazenda na área, sempre aparece com algumas guloseimas feitas pela comadre Angélica.

Que delícia!

O casal amigo, Sérvulo e Iris, costuma ir conosco, assim como os companheiros de pescaria, Pedro Penteado, Edson e Sérgio, meus convidados mais constantes. Eu passo grande parte do tempo jogando tranca com o Sérvulo e eles pescando no lago.

Lá eu fico incomunicável, sem internet, telefone fixo ou celular. Não estou reclamando da incomunicabilidade, porque é muito bom ficar tranquilo em contato com a natureza, mas é um desconforto para quem mora lá.

Para telefonar, caminho por volta de 5 mil metros. Isso mesmo, 5 km andando a pé, até mais próximo do centro da cidade porque não gosto de me locomover de carro quando estou no campo.

Da minha casa na Barra até a fazenda do Pacau são apenas 205km. É uma vergonha num estado tão pequeno como o nosso ainda haver lugares onde o celular não pega.

Não estou reclamando da incomunicabilidade, porque é muito bom ficar tranquilo em contato com a natureza, mas é um desconforto para quem vive nas fazendas distantes do centro.

Duas Barras é uma cidadezinha bucólica, tranquila, agradável... A Beth Carvalho já esteve lá. Gosto muito da Beth.

É uma das minhas principais intérpretes. Já atuamos juntos e gravamos muitas vezes em conjunto, em discos meus e dela. É alegre, positiva... Doente, ligou-me num dia de aniversário e, com sua inconfundível e maviosa voz, cantou pra mim o "parabéns para você" e disse: "Da Vila! Saúde, alegria, inspiração, dinheiro, amor e muito show. Por falar nisso, você sabe que estou em cadeira de rodas, mas mesmo assim vou para os palcos."

Que legal, amiga! Você é mesmo guerreira.

Renascer das cinzas

Entrevistado pela Regina Casé sobre samba e futebol, eu disse que sou Vila Isabel e Vasco da Gama. Aí e ela me fez um pergunta embaraçosa: "Mais Vasco ou mais Vila?".

Nunca havia pensado nisso, mas de pronto eu respondi: "Vila Isabel". E disse que, quando a Vila não faz um bom desfile, o que é raro, fico com o coração na mão no dia do resultado. Se foi mal colocada, canto:

Vamos renascer das cinzas, plantar de novo o arvoredo
Bom calor nas mãos unidas, na cabeça um grande enredo
Ala dos compositores, mandando sambas no terreiro
Cabrochas sambando, cuícas roncando, viola, pandeiro
No meio da quadra, pela madrugada um senhor partideiro
Sambar na Avenida de azul e branco é o nosso papel
Mostrando pro povo que o berço do samba é em Vila Isabel
Tão bonita a nossa escola!
É tão bom cantarolar Laraiá, laiaraiá. Laraiá".

Entretanto, quando o Vasco perde, fico chateado, mas sem muito sofrimento. Não sou vascaíno doente, poucas vezes fui a São Januário. Confesso que, ao ver um jogo, nas iminências de gol, a favor ou contra, fico em suspense.

Se me gozam nas derrotas, digo, sorrindo, que fomos roubados. Depois, sozinho penso: "Aqueles caras ganham um dinheirão para jogar bem e não cumprem o seu papel. Não merecem a minha tristeza nem a minha repulsa".

Sou de opinião que os atacantes deveriam ser multados por pênalti perdido e goleiros por frango engolido.

Quando o Vasco ganha, eu comemoro, até sozinho, mas não gosto de gozar torcedores adversários.

Pois é, amigos. Amo o Vasco, mas o meu amor pela Vila é apaixonado. Ser Vila Isabel é uma Graça Divina:

Ele
Tirou do azul o mais azul
Ele
Pegou do branco a paz maior
E o canto mais negro que passarinhou no céu
E daí, criou Vila Isabel
E daí, criou Vila Isabel
E vieram poetas pra perpetuar a criação
E esta beleza toda é uma das razões do meu viver
Eu agradeço a Ele do fundo do coração
Pela graça divina de a Vila eu pertencer
E repetirei com toda minha emoção
Serei Vila Isabel até morrer

Missão cumprida

Sempre que termino uma tarefa, experimento um sentimento bom, o do dever cumprido, mas há missões que deixam uma saudade nostálgica. Uma delas é a sensação que sinto do público no final de uma boa temporada musical. Creio que a minha principal missão aqui na Terra é cantar, mas sempre gostei de escrever.

Quando menino, sonhava com viagens pelo mundo para conhecer países diferentes. Na adolescência, fase em que os jovens começam a pensar no que fazer no futuro, um dos meus almejos era ser jornalista, mais precisamente, repórter. Isto porque os profissionais da Imprensa têm a oportunidade de entrar em contato com pessoas interessantes e, entrevistando, aumentar o seu conhecimento.

Os caminhos do destino me levaram para outros rumos, mas em um tempo passado fui convidado a escrever uns artigos sobre o Vasco, aqui mesmo neste nosso jornal. Foi o primeiro passo para outros convites. Seguiram-se alguns textos esporádicos em alguns jornais e revistas. Me senti, em parte, realizando o meu sonho de adolescente, quando fui "Repórter por um dia" no programa Fantástico. Também quando fiz um programa de entrevistas musicadas para a TVE.

Entretanto, a minha realização maior foi ser contratado para escrever no periódico *O Dia* uma crônica dominical dando, livremente, a minha palavra de sambista. Ser cronista é uma missão difícil. Sim, mas muito prazerosa. Como era bom aos domingos abrir o nosso jornal e ler, lambendo a cria. Que legal foi receber correspondências de leitores, alguns dando sugestões para uma próxima crônica, outros somente para parabenizar-me e ainda alguém mais para dizer que colecionava os meus escritos.

Pois é, amigos. Falei sempre no passado com as expressões "dei minha palavra de sambista", "como era bom" e "que legal foi" porque resolvi dar uma parada, mas volta e meia eu estarei por aqui escrevendo no espaço Opinião ou na página reservada para cartas dos leitores.

Peço desculpas aos que enviaram mensagens e não foram correspondidos e deixo aqui registrados os meus agradecimentos ao sobrinho Fernando Rosa, que lia os textos antes de mandar para a minha assessora, Rejane Guerra, e dava uns palpites, assim como ela, que, com seu jeito suave, fazia construtivas críticas antes de enviar para a Karla Rondon Prado!

Valeu!

Publicado no jornal O Dia, em 30 de janeiro de 2011

Esta obra foi composta pela BR75 em Arno Pro Light (texto) e Brasilêro (títulos),
impressa pela gráfica J. Sholna, sobre papel Pólen Bold 90g
para a Editora Malê, no Rio de Janeiro, em abril de 2017.